トム・クランシー＆
スティーヴ・ピチェニック
伏見威蕃／訳

暗黒地帯《ダーク・ゾーン》（下）

Dark Zone

扶桑社ミステリー
1580

TOM CLANCY'S OP-CENTER:
DARK ZONE (Vol.2)

Created by Tom Clancy and Steve Pieczenik

Written by Jeff Rovin and George Galdorisi

Japanese translation and electronic rights arranged with
Jack Ryan Limited Partnership and S & R Literary Inc.
c/o William Morris Endeavor Entertainment LLC., New York
through Tuttle-Mori Agency, Inc., Tokyo

暗黒地帯《ダーク・ゾーン》（下）

登場人物

チェイス・ウィリアムズ——オプ・センター長官
アン・サリヴァン——オプ・センター副長官
ロジャー・マコード——オプ・センター情報部長
アーロン・ブレイク——オプ・センター情報部ギーク・タンク・リーダー
ブライアン・ドーソン——オプ・センター作戦部長
ポール・バンコール——オプ・センター国際危機管理官
マイケル・ヴォルナー——米陸軍少佐、統合特殊作戦コマンド《JSOC》所属
チャールズ・ムーア——米海兵隊上級曹長、同上
ワイアット・ミドキフ——アメリカ合衆国大統領
トレヴァー・ハワード——国家安全保障問題担当大統領補佐官
マット・ベリー——大統領次席補佐官
ダグラス・フラナリー——元駐ウクライナ米大使
ガリーナ・ペトレンコ——国連ウクライナ代表部所属の諜報員
アンドレイ・チェルカーソフ——ロシア連邦軍参謀本部情報総局《GRU》の暗殺者
ヨシプ・ロマネンコ——ウクライナ陸軍少佐
ハヴリロ・コヴァル——ロマネンコの部下、VR技術者
タラス・クリモーヴィチ——ウクライナ陸軍少将、戦車戦の英雄
アナトーリー・イェルショーフ——ロシア陸軍大将、西部軍管区司令官

21

ワシントンＤＣ
六月三日、午前五時三十五分

ブライアン・ドーソンは、ニューヨークのラガーディア空港を午前五時四十五分の定刻に出発したデルタ航空の機内で眠った。短いあいだうとうとしただけだった――一時間ほどでレーガン・ナショナル空港に着陸した――だが、目をあけていられなかったし、おかげで緊張がほぐれた。

昨夜マイク・ヴォルナーはそのまま宿泊先のアルバニー・ストリートのＷホテルへ向かったが、ドーソンのほうはヤングやその部下の誘いに乗って飲みにいき、晩《おそ》くなってから泊まったので、空港まで送っていくＮＹＰＤの車がホテルの前に到着しているとヴォルナーが電話してきたときにようやく起きた。あたふたとシャワーを浴びて、清潔な服を非常用品持ち出しバッグから出して着る時間しかなかった。

市警が手配してくれたセダンに乗り込むドーソンを、ヴォルナーは黙って迎えた。ドーソンはすぐさまヴォルナーの表情に気づいた。そういう顔は何十回も見たことがある。

「あんたは自分にできる唯一のことをやったんだ」ドーソンは、そう諭した。

「ええ、これまでとおなじようにね」ヴォルナーはいった。「でも、つねに嫌な気分になる。あなたは気にならないんですか？」

「もちろん気になるさ」ドーソンは、座席に背中をドサッとあずけた。「ありきたりのいいかたをすれば」つづけた。「汚らしいが必要な行動だ。こういう場合おれがもっとも嫌いなことがなにかわかるか、少佐？　行為そのものではなく、考える間もなくやらなければならないことだ。だから、思い出すたびに、どうすればよかったのかと悩んでしまう」

「まったくそのとおりです」ヴォルナーは同意した。「思わずためらいそうになるのを抑えるのが、いちばん難しい。おれは速く、正確にやることができる。でも、きっぱりそう思ってやるわけじゃない」

「ほかの手はなかったのかと思うわけだな？」ドーソンはいった。「あの男も、おれたちが立ち向かうどの相手も、いつか自分に不利なコールをかけられる日が来るとわかって商売をやっている。だから逆に、やつらはおれたちが不利になるように仕向けようとしてくる。今回、あんたはひとりの人間の命を救った、というのがおれの見かただ。そのことでにやにや笑えとはいわないが、味方がひとり生き延び、敵がひとり生き延びられなかった。そいつはすでに朝食の時間とランチの時間に、ひとりずつ殺していたんだ」

「いまもいったように、おれは殺したことを嘆いてはいない」ヴォルナーは、婉曲《えんきょく》な表現を嫌って、ドーソンにあてつけがましくそういった。「ただ、どうしても一瞬そんな気持ちにとらわれてしまう」肩をすくめた。「軍服と忠誠の誓いに、こういう事態は付き物ですが」

ドーソンはうなずき、車に乗るときに気づきかけたことを思い出した。背をのばして、肩越しに、黒いスモークを貼《は》ったリアウィンドウから後方を見た。「あの車にはだれが乗っているんだ？　連邦政府のナンバープレートだな」

「フラナリー元大使です」ヴォルナーは、ふりかえらずに答えた。

ドーソンは、ヴォルナーの顔を見た。「なにか、おれが見落としていたことがあるのか？」

「昨夜、先任上等兵曹《シニア・チーフ》（国際危機管理官のバンコールのこと）が電話してきたんです。あなたの携帯電話にメッセージを残したくなかったからです」ヴォルナーはいった。「彼が長官《ボス》と話をして、この件にわれわれＪＳＯＣが関与を強めることが決まりました。現地の言葉が話せる人間が必要です」

ドーソンは首をふった。「きのう眠らなかったのは、おれだけじゃなかったようだな」

ヴォルナーは、ドーソンを睨《にら》んだ。「おれも起きていましたよ。あなたが出ない電話に出たり、報告書を書いたりして」

「マイク、それについて謝るつもりはない」ドーソンはいった。「給料分の働きはしたし、きのうはちょっと保養慰労休暇《R&R》をとった。おれはこれから機内で眠って、到着したら生まれ変わったみたいに元気になる」ヴォルナーの顔をじっと見た。「ほかにもあるんだな？」

「キャンプ・ルジューン（海兵隊基地）が昨夜、悪天候で、そこの仲間の安否がどうなのか、連絡を待っているところです」

ドーソンはうなずき、口を閉じた。ＪＳＯＣチームの数人が、そこに所属していることを知っていた。

空港に到着すると、ドーソンは顔色のよくないフラナリーに挨拶《あいさつ》をした。ヴォルナーの拳銃《けんじゅう》はNYPDが保管し、捜査が終わったらフォート・ブラッグに返すと約束されていた。ヴォルナーは送ってくれた警官たちに礼をいい、空港内にはいった。ここでドーソンやフラナリーとは別れて、べつの便で、JSOCの自分の指揮所に向かうことになる。

ドーソンは、ゲートで居眠りし、機内で眠り、フォート・ベルヴォアに着くまで送迎のセダンの車内で眠った。軍人になったときから身につけた技だった。眠れるときにはいつでも眠る。いまもその考えかたを実行した。

ドーソンとフラナリーは、NGA本部にはいった。親指スキャンで身許確認してから——フラナリーの指紋はウィリアムズが前もって伝えてあった——ふたりはエレベーターで地階へおりていった。ウィリアムズとアンが、ふたりを待っていた。フラナリーは、肋骨《ろっこつ》が折れて包帯を固く巻いてある左側をかばいながら、ゆっくり歩いていた。

「おいでいただき、感謝しています」ウィリアムズは、自己紹介につづいてアンを紹介してからいった。「お会いできて光栄です」

フラナリーは、ウィリアムズのチームの英雄的な行動を熱心に称賛し——当然ながらそれはオプ・センターの指導部を褒《ほ》めたことになる——そのあとでアンがフラナリーに付き添い、先に立って案内した。ウィリアムズは、ドーソンと並んで歩いた。

「やあ、ブライアン」

「はい、長官」

笑みはちょっと頰《ほお》をゆるめただけだったが、心からの握手だった。そのあとのふたりの沈黙は、意味深長だったが、ぎこちなくはなかった。ふたりとも退役軍人なので、戦闘員が必要とする事柄と指揮官の要求する事柄が嚙《か》み合うとはかぎらないことを知っていた。模範的な戦いの直後なので、その状況に鑑《かんが》みて——推奨されることではないが——意見のちがいをしばし棚上げするのも悪くない。約二分後には、また衝突するはずだった。

ウィリアムズがコーヒーを勧め、フラナリーはベーグル類といっしょにそれをありがたく受け入れた。

「国際便では食べ物につい手を出してしまう」フラナリーはいった。

フラナリーの声は力強かった——外交官は反対意見を声高に抑えつける傾向がある——だが、顔色が悪いだけではなく、打ちひしがれた目つきだった。フラナリーは、テーブルの横で肘掛椅子《ひじかけいす》に背すじをのばして座り、ナプキンを膝《ひざ》にひろげたが、この二十四時間で気力を失っているのを、ウィリアムズは見てとった。

「チームのあとのものは、まもなくここに来ます」ウィリアムズはそういって、ドアを閉め、デスクの角に腰かけた。「それまでに、わたしたちが知っていることや、考えていることをお伝えします――率直にいって、わたしたちが懸念《けねん》していることです」

「戦争だね」フラナリーはいった。「それが懸念される。戦争をやりたくてうずうずしている人間がおおぜいいる」

「説明してもらえますか」ウィリアムズはいった。

「モスクワとキエフが煽《あお》った昔ながらの不和だ」フラナリーはいった。「単純ないいかたをすれば、ウクライナでは、西部と中部の州《オーブラスチ》の住民が親欧米、南部と東部の住民が親露だ。この境界線はかつて、地理的な面ではかなり明確だった。経済苦境を乗り切るために協調しなければならなかったときは、地理的に分かれているというだけのことだけだった。困難はウクライナ全体の問題だった。しかしいまは、絶え間ないニュース報道、ソーシャルメディア、ブロガー、あらゆる年代の扇動者、支援して繁栄をもたらすというプーチンの約束で――まあ、事情は知っているだろう。ロシアは昔からソ連寄りだった州の住民の支持を集めて、ウクライナの領土を奪い、親欧米と親露の不満勢力は対立を深めている」

「ガリーナ・ペトレンコとフェディール・リトヴィンは、ロシア国内の基地を攻撃しようとしている集団のために働いていた」アンがいった。「何者かが身上調書を調べて、軍か政府のだれがその集団に属しているかを突き止めようとした。それについて、なにか考えていることはありますか？」

「サリヴァンさん、推測は不可能に近いんです」フラナリーはいった。「愛国心に駆り立てられた人間は、モスクワに敵対している。欲深い人間はロシアの支援を歓迎している。その両方の場合もある。どちらの勢力の指導者の考えも判然としない。それに、NATOがそれに関わっている。プーチンに圧迫されたくないので、NATOはウクライナで大規模演習を行ない、ロシア軍の越境攻撃を想定した大規模演習ごとに二万人以上を投入している」

「それもひとつの発火点になりかねない」ウィリアムズは、大型モニターに画像を呼び出した。「スッジャで戦力整備が行なわれているので、モスクワがなんらかの対応をもくろんでいると、わたしたちは予想しています」画像を変えた。「この画像は数時間ごとに撮影したものですが、車両数十両、兵員数百人が、アントノフAn－70から卸下《しやが》されているし、ほかにも輸送車両が飛行場にとまっている」

「カムランの戦いだ」フラナリーが、悲しげにいった。

「どういうことですか?」ウィリアムズはきいた。

「アーサー王の最後の戦い――でしたね?」アンがいった。

フラナリーはうなずいた。ウィリアムズとドーソンは見るからに感銘を受けていたが、かなりとまどってもいた。

「前線の両側で兵士たちが大挙して詰めかけている」フラナリーはいった。「いっぽうは王の軍勢、もういっぽうは宿敵モルドレッドの軍勢。ひとりの騎士が毒ヘビに咬《か》まれ、ヘビを殺すために剣を抜いた。相手方は、剣が抜かれたのを戦闘開始の合図だと考えた。戦士が何人死んだかは、記録に残っていない――双方とも指導者は死んだ」

「相互認証破壊だ」ウィリアムズはつぶやいた。

「これは偶発的だった」ドーソンが、考えていることを口にした。「でも、そういうことが、もし周到な計算によって引き起こされ、ソーシャルメディアで作戦が展開され、煽られたら――#プーチン・ヒトラー、#電撃戦にようこそ、といったハッシュタグ付きで」

ウィリアムズは、画像を閉じて、フラナリーを見つめた。「大使、これから申しあげることは、当然ながら秘密にしていただきたい」

フラナリーがうなずいた。

「まず、わたしはウクライナの東国境地帯に、特殊部隊を潜入させるつもりです」ウィリアムズはいった。

アンを除く全員がはっとして静かになった。外部の音が消え失《う》せた。

「彼らの任務は、動きについて情報を収集することと、さらに重要なのは、双方の態度と異常な行動を把握することです」ウィリアムズはいった。「いま起きていることは、常態ではない。任務の具体的な目標を設定するのを手伝っていただきたい。さらに、これをキエフとモスクワに知られてはならない」

ウィリアムズは、フラナリーが抗議するだろうと思っていた。だが、反論はなかった。

「提案ふたつに賛成なさるのですね？」いくぶん驚いて、アンがきいた。

フラナリーが、痩《や》せた肩をすこし落とした。「戦争勃発《ぼっぱつ》を防ぐのにＨＵＭＩＮＴが役立つはずだという考えに賛成だ。どちらの政府もあなたがたの計画を許さないだろうという見かたにも賛成だ。ほかに方法があるかね？」

「外交的な解決策は？」ドーソンが提案した。「あなたがずっとやってきたことですよ」

「今回の件では、そういう解決策があるとは思えない」フラナリーがいった。「わたしは関係者のうちのふたりを説得しようとしたが、だめだった。理非を説いたが、無駄だった。だいいち、彼らはリーダーではなかった。リーダーであればもっと決意が固く、好機を狙《ねら》って、権力をつかもうとするものだ」一同が黙り込み、やがてウィリアムズがブリーフィングを再開した。

「フォート・ブラッグに戻る途中のヴォルナー少佐と話をしました。彼が軍との連絡担当です」ウィリアムズはいった。「いま、ヴォルナーが詳細を詰めています」フラナリーが金色のカーペットに視線を落としているのに気づいて、ウィリアムズは言葉を切った。「大使?」

「まったく常軌を逸した世界だな。つねに平和のために働いてきたわたしが、たったいま軍事行動を支持した――これもいっておかなければならないが、昨夜、ロシアの工作員を殺したときのヴォルナー少佐の顔は、ずっと記憶から消えないだろう」一同に目を戻したとき、フラナリーの目はうるんでいた。「外交では、何事も彼の表情ほど決然としてはいない。〝来た《ウエニー》、見た《ウイディー》、勝った《ウィーキー》〟（カエサルが自軍の勝利をローマにいる腹心に知らせた手紙の言葉）。失礼だが――」

「いいんですよ」アンが笑みを浮かべていった。

フラナリーは、アンに笑みを返した。「来た、見た、勝った」考えていたことをつなぐためにくりかえした。「わたしが生きているのは、彼にカエサルのようなところがあったからだ――わたしがこれまでの仕事で忘れていたその資質に感謝しよう。古代ケルトの石像のような姿勢でこちらに向けて拳銃で撃った鋼《はがね》の目の男があんなに美しく見えるとは、思ったこともなかった。だが、そうだった」ドーソンのほうを向いた。「あなたの姿は見えなかった、ドーソンさん。でも、彼の姿は見えた。あなたがやってくれたことに、あらためてお礼をいわなければならない」

ドーソンは、咳払《せきばら》いをしてから口をひらいた。「彼にいってください」と告げた。

「とてもだいじなことだと、わたしにはわかっています」

「かならずいう」フラナリーは答えた。

そのあとの沈黙は、けっして気まずいものではなかった。まったく逆で、そこにいた全員の気持ちが近づいた。

「大使」ウィリアムズは、用心深くつづけた。「チームのための計画を立案しているところですが、ひとつわかっていないことがあります。ウクライナの国境地帯に行ったことがあると思うのですが」

「休暇のときにハルキウ州とルハンシク州に行った」フラナリーがいった。「美しいところだ。ほとんど山地で、麓《ふもと》の低山は森に覆われ、海沿いは平野がひろがっている」

ドアにノックがあった。ロジャー・マコードだった。ウィリアムズはマコードにはいるようにといい、フラナリーに紹介してからまた話しはじめた。

「大使」ウィリアムズはいった。「その地域へ行っていただけませんか——ヴァーチャルで」

「よくわからないが」

「オプ・センターにずっといてくださるのであれば、現地へ行く人間の体に付けたカメラで大使もあちらの状況を見られます」ウィリアムズはいった。「率直にいうと、ロシアの工作員がいないことを確認するまで、そのほうが大使を護りやすいので」

「いる可能性が高いんです」マコードがいった。「モンゴルの中央情報機関《GIA》が発した警報を傍受しました。アルタンホヤグという税務専門の弁護士の自宅に汚職調査のために盗聴器を仕掛けてあったため、家宅侵入した人間にその弁護士が訊問《じんもん》されたことがわかったという内容です——よりによって、われわれが見つけたヴァーチャル・リアリティ・プログラムについて」

「この事案は、いよいよグローバルになってきたな」ドーソンがいった。

「どうやら、そのプログラムはアルタンホヤグの息子チンギスが創ったようです」マコードがいった。

「家宅侵入した人間はロシア人か?」ウィリアムズはきいた。

「GIAはそれを突き止めようとしています」マコードがいった。「とにかく、チンギスは名前と場所をそいつに教えました。ハヴリロ・コヴァル。バイオニック・ヒルに勤務しているコンピューター科学者」

「キエフのシリコンバレーだ」フラナリーがいった。

アンがさっそくコヴァルの身上調書をタブレットに表示した。「ウクライナ人、政治組織に属しているかどうかは不明」アンがいった。「スタンフォード大学で教えていた――チンギス・アルタンホヤグが通っていた大学です。チンギスは卒業したばかりで、コンピューターグラフィックスのスキルを売り物にして仕事を探しています。コヴァルは、テクノロジカル・サポート・ラボラトリー・グローバルに雇われました。この会社は」――アンは画像を切り替えた――「ウクライナ軍の研究施設のダミーだと思われます。ただし、資金を提供しているのはアメリカの組織、インターナショナル・サイエンティフィック・ソリューションズ――ISSです。ISSを創業したのは――」

「わたしの前任の駐ウクライナ大使だ」フラナリーがいった。「彼はその取引で大金を稼いだといわれている。国務省にいた最後の年に設立したんだ。かなりいかがわしい事業だ」

「ＩＳＳはキエフに金を注ぎ込んで、どういう見返りを得られるんですか？」ドーソンが質問した。

「地位と発言権だ」フラナリーはいった。「ＩＭＦがウクライナに貸し付けた二百億ドルに手をつけられる。アメリカも二十億ドルを貸し付けている。その大部分は、エネルギー企業の子会社にまわされ――」

「それがＩＳＳから分割されたクライメートカインドの資金になった」アンが、最新の安全保障ファイルを読んだ。

「洗剤みたいだな（ClimateKindは〝気象にやさしい〟ともとれる）」ドーソンがいった。

「それを掘り下げる前に、盗聴器が拾った声の話に戻ろう」ウィリアムズはいった。

「ロジャー、ＧＩＡはその家宅侵入者を追跡しているんだな？」

「見失いました」マコードがいった。「防犯カメラのない地下室のドアから出たようです。管理人が黒い目出し帽をかぶった人間を見ています。ロシア人なのか、モンゴル人なのか、どこの人間なのか不明です。わかっているのは、この件に興味を示していて、レーダーに捉《とら》えられていなかったということだけです」

ウィリアムズは、フラナリーに目を向けた。「いよいよあなたの身を護らなければならなくなった。この男は、アメリカ国内のどこの領事館に出入りしてもおかしくない」

ウィリアムズのデスクの電話が、海軍歌の着信音を発した。マット・ベリーからだ。

「マット、いまブライアンと――」

「チェイス」ベリーがさえぎった。「FOXニュースを見てくれ」

ウィリアムズは、デスクからリモコンを取り、モニターの電源を入れて、チャンネルを変えた。

「なんということだ」画面を見あげて、フラナリーがいった。

22

ウクライナ、キエフ
六月三日、午後三時三十分

Uホール・インターナショナルの大型バンが、アカデミー会員ヴェルナツキー大通り（ウクライナ科学アカデミー初代総裁のヴェルナツキーに因む）にとまっていた。幹線道路のペレモヒー大通りの近くだった。荷物が重いせいでバンの車体は沈み、運転手が空の重みをそのまま担っているように見えた。

イヴァン・グリンコは、太い煙草を巻いて、口にくわえた。親指でマッチを擦《す》って、火をつけ、緊張を解こうとした。夜通し眠らずに長距離を運転し、休憩したのは給油のときだけだったので、疲れ切っていた。とはいえ、ゆったり座っているようでも、その年配の男は、度付きサングラスの奥のうるんだ目を活発に動かし、ルームミラーとサイドミラーを落ち着きなく交互に眺めて——待ち、見張っていた。眠るには、仕事が終わってから、いくらでも時間がある。

比較的新しい高層の共同住宅群が道路脇《わき》から奥まって建ち並んでいるので、引っ越し用バンがとまっていても怪しまれない。それに、広い道路沿いの空の一部を視界に収められる。

ここにそんなに長くいる必要はない。ダッシュボードのデジタル時計を見ながら、運転手のグリンコは思った。

バンをとめてから、まだ十五分しかたっていなかったが、作戦が重大であるために、果てしなく長い時間が過ぎたように思えた。三十分前にすべて積み込まれた。全員——グリンコの知らない人間だった。彼らがどこへ行くのか、どういう人間なのか、まったく知らなかった。戦車部隊の以前の指揮官に、二時半にそこへ行って、軍の装備を載せろといわれただけだ——ただし、積み込みのときは運転席にいるようにと命じられた——そのあと、三時にここに来いと命じられた。どういう物事と、どういう人間に目を配ればいいかも指示された。

五百フリヴニャ札四十枚という報酬がありがたいことはたしかだった。ロシアとの紛争、ＥＵ内の混乱、長引く世界的不況——ガタがきたタクシーの運転手にはつらいことばかりだった。昨夜、バイオニック・ヒルに木箱をひとつ届ける前に、大金を一度に銀行に預けないようにしろと指示されたので、札束は金とブルーのウクライナ英雄勲章も含めた息子の軍隊での表彰を収めた箱に入れるだけにした。

だが、この仕事をやるのはグリンコが尊敬する人物のためだからでもあった。死んだ息子が仕えていたタラス・クリモーヴィチ少将。ラブコヴィチでの小競り合いで勇敢に戦った息子ラヴロが戦死したとき、クリモーヴィチはキエフに来て葬儀に出席した。それでも、愛国者のグリンコは鰥夫《やもめ》なので、ひとり息子を失ったことを嘆き悲しんだ。独特の口髭《くちひげ》をたくわえ、誇り高く柔和な目のクリモーヴィチは、埋葬のときに演説しただけではなく、ひどく気落ちしたグリンコや嘆き悲しんでいるラヴロの叔母のそばに残り、ラヴロの犠牲がいかに重要であったかを説明した。

「国は戦闘で命を落とした兵士それぞれをつねに記憶しているとは限らない。なぜなら、戦争ではおびただしい犠牲者が出るからだ」クリモーヴィチはいった。「しかし、この戦闘における犠牲だけは、けっして忘れられることはない。敵に打撃をあたえ、敵の誇りと指導者に打撃をあたえたからだ。わたしも含めてその場にいた人間や、麻《ま》痺《ひ》状態に陥った敵は、この犠牲をけっして忘れはしない。あなたがたに約束する――彼の家族として、友人として、戦友として約束する――悪魔プーチンはラヴロのことを忘れられないだろう」

　そのあとで、クリモーヴィチは演壇に置いてあった額入り写真を覆っていた布をはぐった。一台の戦車が写っていた――クリモーヴィチの戦車――車体にラヴロの名前が描かれていた。芝居がかっていたが、それでも真心がこもった意思表示だったので、葬儀に出席していた三十数人全員が、あられもなく泣いた。

　三日前にクリモーヴィチが連絡してきたとき、この引っ越し用バンを借りて、指示どおり二カ所に行くという仕事を、グリンコは引き受けた。メモを残したり、だれかに話したりしないようにと注意された。グリンコは細かいことを質問しなかった。二時間以内に、私服の伝書使が札束を持ってきた。

　グリンコはまるで酸素でも吸っているような勢いで煙草《タバコ》を吸った。ここまでは平気だった。バイオニック・ヒルは、客を乗せてよく行き来する場所だった――道はよく知っていた――だが、非公式な軍の施設そのものまで行ったのははじめてだった。ほかの街区ではさかんに身ぶりをしてしゃべっている人間がいるが、そこはまるで図書館のように静かだった。だれもが首を垂れてささやき声で話している。タブレットやノートパソコンを握りしめている。煙草を吸っている人間が急に多くなる。ベンチでランチを食べているものはいない。陽光すら暗くなっているように思える。もっとも、それは施設群が建設されたとき、そのあたりが早く完成したので、植樹がかなり茂っているからだった。

バンの後方のどこかで、かなり大きいバーンという音が響いた。だれかがゴミ容器に爆竹を投げ込んだような音だった。

グリンコは、さっとミラーを覗《のぞ》いた。サイドウィンドウをあけてあったが、風がほとんどないので、バンの運転席には煙草の煙が充満していた。たしかに見えたと思ったものをたしかめようとして、グリンコは目を凝らした。バンの前方にいた歩行者たちが、立ちどまり、眺めて、指差していた。グリンコが体をまわして、サイドウィンドウから首を突き出すと、ようやく見えたと思ったものが目にはいった。

よく見えた。煙がバイオニック・ヒルのあたりから立ち昇っている。煙だけではなく炎の先端が、芽吹きはじめている遊歩道の樹木をなめていた。ひらけた場所の上で煙が黒く、濃くなった。サイレンの音が、かなり遠くから聞こえた。

こういうことは、なにも聞いていなかった。自分とは関係がないかもしれないと、グリンコは思った。〝愛国者〟と名乗る男を待てといわれただけだ。

警察の車両が何台も、猛スピードで通過した。そのあとを救急車数台が追っていた。

グリンコは不安になって、ハンドドルを指で叩《たた》いた。偶然の一致のはずはない。グリンコはさっきまでそこにいて、軍の装備を載せた。爆発のような音につづいて、火の手があがり——。

それに、雇い主は軍の英雄だった。愛国者。

クリモーヴィチ本人が来るとは思っていなかった。ウクライナの英雄が、軍の施設を攻撃するわけがない。道理に合わない……。

背の高い痩せた男が、Uホールのバンの助手席に向けて、足早に歩いてきた。もう歩行者は、その男だけになっていた。男はショルダーバッグをふたつ持ち、決然とした表情だった。バッグのひとつはノートパソコン用、もうひとつは軍用のバッグで、なにかがぎっしり詰まっていた。

男がためらわずドアをあけた。

「わたしが愛国者だ」男がいった。

グリンコは答えなかった。煙草をくわえたまま、エンジンをかけた。バッグふたつがあるので、男は身をよじって乗り込み、バッグをフロアに置いて、ドアを閉め、シートに座った。男は前方を見たままだった。暑くないのに、汗をかいている。

「水が——」

「だいじょうぶだ。ありがとう」男が息を切らしていった。

「サンドイッチもある。グラブコンパートメントに」うわべだけでも愛想よくしようとして、グリンコはなおもいった。

「ありがとう。だ……だいじょうぶだ」男がそういったが、あまり説得力はなかった。そのあとで、深く息を吸った。

「そうか」グリンコはいった。

グリンコは、タクシーに客をさんざん乗せてきたので、相手が話をしたいかどうかを見分けることができた。この男は話をしたくないのだ。グリンコは一度だけ、うっかり銀行強盗を乗せてしまい、免許を取り消されそうになったことがあった。ラヴロが戦車の車長で、刑事がウクライナ西部出身だったおかげで、そうならずにすんだ。

グリンコは、夕方のあまり混んでいない車の流れに、バンを乗り入れた。遠くの火災を携帯電話で撮影しようとして、おおぜいが車を道端にとめていたので、道路はいつもより空いていた。

これからかなりの長距離を走らなければならない。グリンコが知っているのは、〝愛国者〟をハルキウ州のハルキウまで送らなければならないということだけだった。距離は約三五〇キロメートル。到着してから追って指示があることになっていた。

「音楽はどうだ?」グリンコは、きかずにはいられなかった。

「チャイコフスキーやストラヴィンスキーでなければ」〝愛国者〟が答えた。

グリンコは、にやりと笑った。「ロシアの作曲家の曲はないよ。ティオムキンは？」

相手がうなずいたので、グリンコはダッシュボードにつないである携帯電話で音楽を流した。民族音楽の影響を受けている軽快なフォックストロットが運転席にひろがった。

「いいだろう？」

「とてもいい」助手席の男が答えた。

発熱が冷めたように、雰囲気が明るくなった。首都キエフの黄金のドームがうしろに遠ざかると、グリンコはサングラスの上から見ながら運転した。

生まれてからずっと独立正教会の熱心な信者だったグリンコは、ソ連の支配下でロシア正教会の圧力を受けたときも、信仰を固持した。一九九〇年に独立正教会が復興されると、ボルィスピリ国際空港を行き来するときの料金に上乗せした分を教会に寄付した。

空は靄《もや》がかかり、まばらな雲が神々しい光を浴びていた。グリンコは天上の息子が笑顔で見おろしている光景を想像した。悲運に見舞われなかったら、ラヴロはいまも生涯の夢だった軍人のままで、この任務も引き受けていたかもしれない。

じっさい、おまえがやっているようなものだと思いながら、グリンコは道路に目を戻した。この道路の旅は、おまえが大切にしていた理想のための任務なのだ。

23

ワシントンDC
六月三日、午前八時三十分

ワイアット・ミドキフ大統領がオーヴァル・オフィスに着くと、トレヴァー・ハワード国家安全保障問題担当大統領補佐官とマット・ベリー次席補佐官がドアの外で待っていた。イーヴリン・グレーヴズ首席補佐官は北京で、カウンターパートの中華人民共和国国務院副総理と、まもなく開催されるサミットの準備を行なっている。

キエフで起きた爆発のことを、ハワードが居室にいた大統領に報《しら》せ、オーヴァル・オフィスに来てもらったのだ。

大統領がシークレット・サーヴィスの警護官ふたりに付き添われて階段をおりているのを見て、ベリーは急いでオプ・センターとの電話を切りあげた。ハワードはオプ・センターが好きではなく、復活の際は〝無鉄砲で組織を離叛《りはん》するおそれがある〟と見なしていることを明言した。だがきょうは、ウィリアムズとそのチームがウクライナに関連した問題に取り組んでいるのをベリーは知っていたので、情報を聞こうとしたのだ。彼がその電話をかけるとき、ハワードはわざと横を向いていた。

ベリーは、肩で風を切って先にはいっていったハワードのあとから、陽射しが差し込むオーヴァル・オフィスに足を踏み入れた。地位の高さは礼儀をしのぐ。自分の縄張りと大統領に会う特権が他人に脅かされているときは、なおさらそうだった。

「何者の仕業だ？」デスクの奥で腰をおろすと、ミドキフはきいた。かすかに首をまわし、ハワードにその質問をぶつけた。

「防犯カメラの間接的映像があると、ウクライナ内務省はいっていますが、われわれはまだ見ていません」ハワードが答えた。

「間接的とはどういう意味だ？」ミドキフが語気鋭くきいた。

「攻撃そのものは捉えていないということです」ハワードはいった。「つまり、結果だけが写るような場所を選んだのでしょう」

「チェイス・ウィリアムズと部下たちは、例のヴァーチャル《V》・リアリティ《R》を調べていた」ミドキフは、ベリーにいった。「連絡を取り合っているんだろう？」

ハワードは、オプ・センターのことが話題になっても、反応しなかった。大統領の電話記録を見て、オプ・センターにかけたことをすでに知っているのだろう。

「まだ報告がありません」ベリーは正直に答えた。

「背景を知る必要がある」ミドキフが、長年の海軍勤務のあいだに焼けてなめし革のようになった顔で、ふたりを交互に見た。海軍の水上戦闘艦の甲板《かんぱん》に立つことが多かったので、目を細くする癖がついている。「ウィリアムズを呼び出してくれ」

「はい、大統領」ベリーはいった。

ベリーは、ハワードのほうを見なかったが、すさまじい目つきで睨まれているのはわかっていた。ベリーはそのままスピーカーホンに切り換えることはしなかった。ウィリアムズが電話に出て、この場の雰囲気を知らずに応答するのはまずいと思ったからだ。

「おはよう、チェイス」ベリーはいった。「マット・ベリーだ。大統領とトレヴァー・ハワードがここにいる」

ほんのかすかな間があった。ウィリアムズは察したのだ。ベリーはほっとした。

「おはよう、マット」ウィリアムズがいった。大統領とハワードに聞こえるように、ベリーは携帯電話のスピーカー機能をオンにした。着信音が鳴らないようにして、非武装地帯《MZ》をこしらえるかのように、ハワードとのあいだにあったガラスのコーヒーテーブルに置いた。

「キエフからの映像は見ただろう？」

「いま見ています」ウィリアムズがいった。

「チェイス」大統領が話をはじめた。「わたしだ」

「おはようございます、大統領」

「キエフの事件について、どう思う？」

「大統領、衛星画像が届くのを待っているところですが、われわれのテクノロジー・チームが、テレビで流された携帯電話の動画は、バイオニック大学の南側から写したものだといっています——失礼ですが、メールをそのまま読んでいます——それから、爆発は軍事研究所付近で起きたそうです」

「事故か？」ミドキフはきいた。「研究施設なんだろう」

「わかっていません」ウィリアムズはいった。「白衣を着た人間がおおぜい、カメラのほうに走ってくるのが動画に映っています——そのあたりで唯一の研究所がある建物から出てきたようです。負傷者が多数出たわけではなく、咳をしている程度なので、爆発はその建物の中心部で起きたわけではないようです。建物の奥から衝撃が伝わってきたと考えられます」

「トレヴァー・ハワードだ。奥になにがある？」

「ウクライナ人のガリーナ・ペトレンコが、きのうの朝に殺される前に、その施設群に秘密の施設があって軍事教練が行なわれていると、ダグラス・フラナリー元大使に伝えています」

「そういう結論を下した根拠は？」ミドキフがきいた。

「研究所そのものは秘密ではなく、所員の名簿もあります——ああ、アーロンか」

ウィリアムズの側のスピーカーホンから、くぐもった声が聞こえた。

「テクノロジー部門の責任者が、ＴＳＬグローバル——テクノロジカル・サポート・ラボラトリー・グローバルの略です——の名簿はフェイスブックに載っていて、そこの科学コミュニティと交流できるようになっているといっています。つまり、その部門は秘密ではありません。しかし、昨年の配線設計図を調べたところ、建物内に追加された部屋があるらしいとわかりました。奥のほうに」

「すると、研究所の裏側にあるその施設がターゲットだったかもしれないんだな？」

ミドキフはきいた。

「これが事故ではなく攻撃だとしたら、わたしはそう推理します」

「事故かもしれないだろう」ハワードがいった。

「もちろん」ウィリアムズはいちおう同意してみせた。「民間人の所員が二十九人いるところで、ダイナマイトか高性能爆薬を取り扱うような無謀なことをやったのであればですが」

「トランスの火災では？」ハワードが、なおもいった。

「設計図には大型発電機のようなものの配線はありませんでした」ウィリアムズはいった。

やんわりとした口調だったが、刺のあるやりとりだった。

「施設内に何者がいたか、手がかりはないのか――」ミドキフがいいかけた。

「お待ちください」ウィリアムズはさえぎった。「すみません。こちらの気象学者が海洋大気庁《NOAA》から得た風に関する情報を重ね合わせたものを見ているところです……気象学者の分析を読みます。〝煙は東から西に流され、時速一・五キロメートルほどで上昇している……隣接する建物に映る蔭《かげ》から判断して、発生源は建物の北端、秘密の部屋があると推定される個所だと思われる〟」ウィリアムズは言葉をきった。「携帯電話の動画を分析したところ、電気系統の問題であることを示す火花は見られませんでした。それに――施設にいた人間は、建物の奥のほうでプラスティックの燃える強いにおいがしていたと報告しています」

「コンピューターや配線が溶けるにおいだな」ハワードがいった。

「そうですね」ウィリアムズは同意した。「しかし、爆発はいっぽうに向かっていて――奥のほうでそのにおいがしていた。われわれの爆発物専門家は、迫撃砲弾の爆発に酷似しているといっています。化学者は、それが砲弾だとすれば、においの特徴がポリスチレンか同種のプラスティック、もしくはポリブタジエンと一致するといっています。推進薬の過塩素酸アンモニウムと爆薬の過塩素酸カリウムを高分子マトリックスに収めるのには、そういった物体を使います」

「迫撃砲で攻撃されたようだといっているんだな?」ミドキフがきいた。

「数々の物証が、そういう方向に収束するようです」ウィリアムズはいった。

ベリーは、ハワードを見ないように気を配っていた。

大統領が、椅子にもたれた。「トレヴァー、国家偵察局《NRO》の衛星画像を見よう」

ハワードが、短縮ダイヤルでアメリカの空の目であるNROの長官を呼び出した。

「みなさん、ラックランド基地からたったいま情報がはいりました」ウィリアムズが口にしたテキサス州のその基地には、空軍情報・監視・偵察局の本部がある。「クリミア上空に配置されていたX‐37Bが撮影しました。そちらに送っています、大統領」

極秘の無人宇宙機X‐37Bが撮影した画像が、大統領のコンピューターに表示された。バイオニック・ヒルの東部分のびっくりするくらい鮮明な上空からの画像だった。煙のもっとも濃い部分が、黒いヘビがとぐろを解いているように建物の裏手の穴からのびていた。

「ごらんのように、裏庭には残骸《ざんがい》がありません」ウィリアムズはいった。

「つまり、なかから外に向けて爆発してはいない」ミドキフがいった。

「そうです。これは射入口のようです。怪しいものがあるかどうか、前の画像を調べると、空軍側はいっています」

「ありがとう、チェイス」ミドキフはいった。「ほかになにかあるか？」

「ありません」ウィリアムズはいった。「現地に偵察チームを派遣します」

ミドキフは、渋い顔をした。厳密にいえば、ウィリアムズを制止することができる……解任すれば。しかし、愚かな案だといい切れる確信がなかった。

「あとで話をしよう」ミドキフは答えた。

ベリーが電話を切った。ウィリアムズは、議論の余地を残さなかった。

「NROがすでに画像の分析をはじめています」ハワードが、きまり悪そうにいった。

大統領は、それには答えなかった。「マット、急いでフォート・ベルヴォアへ行って、オプ・センターと連携してくれ」ミドキフは指示した。「ＪＳＯＣチームをどう使うのか、計画の一部始終を知りたい。トレヴァーに逐次報告してくれ」

「かしこまりました」ベリーは、任務に求められるよりもいささか強い熱意を示していた。ハワードにうなずいてから、ウィリアムズにあらためて電話をかけ、オーヴァル・オフィスを出ることを伝えた。

「大統領、キエフかモスクワと話をしますか？」ベリーはきいた。「あるいはＮＡＴＯと。モスクワが攻撃準備を開始しているようなら——彼らの仕業だとわかっている殺人のこともありますし——ＮＡＴＯ総司令部は防衛態勢《DEFCON》４に高めたいと考えるかもしれません」

　大統領の見かたとは異なるかもしれないので、ハワードは用心して、それらの提案について態度を明らかにしなかった。

「その段階ではない」ミドキフが答えた。毎日の国家安全保障ブリーフィングの書類を収めたフォルダーを出した。「その方向への動きか、スッジャでのロシア軍の機動に変化があったときには、ＮＡＴＯに報せる」

　ハワードは明らかに不賛成のようだったが、大統領にひきつづき情報を伝えるといっただけだった。

ベリーが西館の出口に向けて歩いていると、ハワードが足早に追ってきた。

「わたしはこの特殊作戦行動には懸念を抱いている」副大統領執務室の前で追いついたハワードがいった。

「チェイスと彼のチームには度胸があるし——何度もやっていますよ」

「これまでは運がよかった」

ベリーは足をとめた。「モースルでヘクター・ロドリゲスが死んだのを、〝運がよかった〟とはいいたくありません」

「わたしのいう意味はわかっているはずだ」ハワードが、声を荒らげた。「ウィリアムズ、マコード、きみの友人のドーソンは、みんなカウボーイだ」

「カウボーイが西部を平定したんです」

「そして、あちこちを荒廃させた」ハワードはいった。「その行動に関するマイケル・ヴォルナー少佐の報告書を読んだ。今後は慎重のうえにも慎重を期すべきだと彼は進言している。その地域に軍事チームを派遣するのは、〝慎重のうえにも慎重を期す〟といえるか？」

「大統領のところへ戻って、そういったらどうですか？」

ハワードはひるまず、ベリーと向き合った。「大統領が日和見《ひよりみ》しているのは、わかっているはずだ。このオプ・センターの連中にとって、観察して報告することと〝殺すために撃つ〟ことの境界線は、靄のようにはっきりしないんだ。ニューヨークの事件がいい例じゃないか」

「元大使の命を救い、ひとり捕らえたんですよ」

「ロウアー・マンハッタンで建物を弾丸の穴だらけにし、国連ロシア代表部に所属している男を殺した」ハワードは応じた。

「いいですか」ベリーはいった。「ご意見はうかがいました。ウィリアムズとヴォルナー少佐に、任務の限度について念を押したうえで、ご懸念をしっかりと伝えます。彼らのことはわたしもわかっています。だからフォート・ブラッグへ行こうとしているんです」ベリーはひと呼吸置いた。「これでよろしいですか?」

「ああ」ハワードは答えた。「申し分ない」

ベリーは、満面に笑みを浮かべた。「それなら……すばらしい!」廊下を歩きつづけ、脇のドアから出ていった。

24

ウクライナ、キエフ
六月三日、午後三時四十二分

キエフ旅客駅の古めかしい形の駅舎に隣接する公共駐車場に、スズメバチを思わせるLF‐250‐19Pバイクをとめると、ヨシプ・ロマネンコ少佐は、アーチ状の壮麗な中央エントランスの外庇《そとびさし》の下にいたチームと合流した。ナンバーを調べられた場合のために、バイクは二週間前に偽名で違法に購入した。駅の正面に向けて歩くときに、ロマネンコはうしろを見た。渦巻く煙が遠くで起きた事件の名残りで、サイレンがかすかに聞こえていた。どちらも鉄道を停止させるようなことはなかった。

チームの面々はいずれも私服で、ジーンズとブルーのポロシャツ姿で到着したロマネンコは、旅行用ケースに挟んである旅程表を確認するふりをしながら、人数を目で数えた。いずれも、おたがいに知っているようなそぶりは見せない。きょうの行為とその後の行為の犯人を見つけるために、数日後に鉄道駅、バス・ターミナル、空港の監視カメラの映像が入念に調べられるはずだ。この時刻にキエフから出発した個人はすべて、調査の対象になる。だから、全員が頭になにかをかぶっていた。野球帽、ウールのキャップ、禿頭《とくとう》のマルチュクは鬘《かつら》。ジンチェンコは、質屋で買った軍帽をかぶっていた。第二次世界大戦のウクライナ蜂起《ほうき》軍の赤と黒の徽章《きしょう》がついている。上から下まで私服だと丸裸になったような心地がするし、ナチスと勇敢に戦ったパルチザンの帽子なら反感を持たれることはない。

顔を隠すために、それぞれが下を向いて——電子機器、新聞、雑誌、駅の外の屋台で売っている小物に視線を落としていた。全員がバックパックとカンバスのバッグを持ち、普段着、洗面用品、持ち物を調べられた場合に備えて、わざとちがう路線の時刻表を入れてあった。武器を携帯しているのはジンチェンコだけで、それもスイス・アーミーナイフ一本だけだった。武器がないと身を護れないので、だれもが嫌がったが、ロマネンコは押し通した。

「とめられたときに武器を持っていると、作り話や機転で切り抜けようとせず、使いたくなるものだ」とロマネンコはいましめた。

ロマネンコは、監視カメラの場所をあらかじめ下見していた。売り切れにならないように前もって乗車券を買うときに、全員がひそかにカメラを避けるようにした。いまもそうしている。全員が、東行きの列車に乗る口実を用意していた。学期が終わって実家に帰る学生。就職の面接。家族に会う。ロマネンコは、ポルタヴァ州セメニーフカの警察官として任務のために出頭することを示す書類を用意していた。

チームの六人は厳重に身分を偽装していたが、ロマネンコが到着すると、任務を完《かん》璧《ぺき》に実行した将校に全員が敬意の目を向けた。ロマネンコが駅にはいると、チーム全員がそれぞれべつにスームィ行きの乗車券を買った。数人がコーヒーショップで待ったり、あてもなく買い物をしたりして、ひとりが居眠りをした。あとのものは、偽造身分証明書と一致するように、存在しない家族宛《あて》にメールを送った。

ロシアが侵攻するまでは、東行きの列車は順調に数多く運行されていた。観光が盛んだった。二〇一四年以降、多くの路線で本数が減らされ、ノヴァオレクシーフカとヘルソンのような都市への運行は完全に停止された。一般市民が行けなくなったそういう地域は、ウクライナの他の地域との通常のビジネスができなくなり、駐留するロシア軍と親ロシア派勢力に領土を割譲したのとおなじような状態になっている。

スームィ行きの列車は、一日二本だけで、一本は午後五時発、もう一本は午後十時発だった。五時発だと、スームィまで七時間かかる。ロマネンコはもっと静かで暗い午後十時の夜行便に乗りたかったが、キエフに長居するのは危険が大きすぎる。

列車の出発がアナウンスされると、チームはべつべつに乗り込んだが、一両に集合し、二カ所の昇降口近くに均等に分かれた。ひとりが厄介なことに巻き込まれたときには、全員にそれがわかる。数人が、おたがいを無視して、近くの席に座った。予定どおり、ジンチェンコは若い女の隣に座った。戦術的な動きだった。必要とあれば、女を人質にできる。

ロマネンコは、最年少のトカーチと並び、窓際に座った。この先、駅を通過するときに外を見て、法執行機関が待ち伏せていないかどうかたしかめる。まもなく火災が消えて、内務省の法科学班が残骸を調べられるようになる。たいしたものは見つからないだろうが、なにが起きたかを解析し、破壊の原因を突き止めるにちがいない。

それも戦争中にクリモーヴィチ少将が手に入れた戦利品だった。ラブコヴィチから撤退するときに、ロシア軍戦車部隊は味方の軽歩兵車両部隊とすれちがった。残敵掃討のつもりでやってきたその部隊は、ノヴィコフ将軍の戦車部隊が撤退するあいだ、掩護《えんご》射撃を行なうはめになった。果敢に戦ったあと、軽歩兵部隊は陣地を放棄し、一部の武器を放置した。クリモーヴィチは、それらの武器をすべて鹵獲《ろかく》した。そのなかに2B14ポドゥノス82ミリ迫撃砲二門があった。一門がUホールのバンでセメニーフカからロマネンコの官舎に運ばれた。ロマネンコはけさ、トカーチに手伝わせてそれを組み立てたが、発射は自分がやることにした。それが暴発したり自分が捕らわれたりするような事態になった場合には、チョルナ軍曹が指揮して任務を続行できる。

三日前にジンチェンコが、ロング・バラックスの裏手の壁に向けて迫撃砲弾を発射するのにうってつけの場所を見つけた。じっさいに利用できるものがふたつあった。管理人の物置と、施設の中心にある人工の池に架かる人道橋の下の傾斜した土手。その橋は二カ所の監視カメラの視野にある。画像の解像度をあげれば、暗がりに隠れている人間が見えるはずだ。必要とあれば、それが予備の証拠になる。だが、必要ではなかった。よく調べると、管理人は親ロシア派で、ふだんは声が小さいが、地元のバーで酒を飲むと大声でしゃべる。ロマネンコは、前夜に管理人をバーの外で襲撃し、意識を失うまで殴って、施設にはいるためのIDカードを奪うよう指示した。迫撃砲がはいっている木箱は物置に入れて、必要になるときまでそのままにした。だれかが物置にはいっても、工具がなければボルトで固定した蓋《ふた》をあけることはできない。

コヴァルが、弾道を自分のコンピューターで計算した。ロマネンコは、建物の裏手の壁か屋根に迫撃砲弾を命中させればいいだけだった。官憲はロシア製の迫撃砲弾だと判断するにちがいない。推理は二分されるはずだ。モスクワが特殊作戦部隊員を送り込んで、新しい現代的なウクライナの産業を誇示している施設を攻撃したのか……あるいは特定の勢力がロシア製の兵器を盗み、ロシアが攻撃したと見せかけたのか。意見の分裂は、ロマネンコにとって有利だった。法執行機関の活動は、監視カメラの画像の分析と、犯人が逃走に使う可能性がある場所の監視に二分される。着替えのためのロッカーをロング・バラックス内に設けたのもそのためだった。TSLグローバルの社員が事情聴取されても、だれも〝ええ、そこに兵隊がいるのを見ました〟とはいえない。

ロマネンコはこれまでの軍歴を通じて、多くの士官、兵士、政治家、ロシアとウクライナの高官と会ってきた。崩壊した旧ソ連のさまざまな共和国の部隊との合同演習に参加したこともある。だが、クリモーヴィチ少将ほど深い印象をあたえる人物には、会ったことがなかった。神秘的なくらい冷静で、英雄的な戦士で、技術者としても秀で、すばらしい計画を考案した……しかも、この段階はそれのほんの一部なのだ。戦争や戦闘はひとりで遂行できるものではない。だが、クリモーヴィチのようなすぐれた発想をする指導者がいなかったら続行できないような戦いもある。四十歳のロマネンコ少佐が期待でうずうずするようなことは数すくないが、この作戦はそういう楽しみのひとつだ。とはいえ、楽しみの極致を味わうには、すべてが終わり、クリモーヴィチとようやく会うときまで待たなければならない。熱烈な愛国主義に駆り立てられていなくても、偉大な男と握手を交わすことを思うと、ロマネンコの意欲は高まるばかりだった。

愛する祖国の田園地帯が窓外を流れるあいだ、プーチンのような凶悪な人間が英雄だといわれていることについて、ロマネンコは考えた。プーチンは中身がないからっぽな人間だ。胸を膨らまし、怖そうな顔をして、空威張りしている。ロシア皇帝が復活したようなプーチンの足もとに、ロシアの人民はひれ伏してる。ウクライナ人は、それを見抜いている。まもなく国際社会もプーチンの正体を知るはずだ。

25

ノースカロライナ州、フォート・ブラッグ
六月三日、午前十時

オプ・センターのＪＳＯＣチームは十二人編成で、それに支援チーム五人が付属している。即応できるようフォート・ブラッグで訓練を行ない、同基地に付属するポープ航空基地から出動できる。二十四時間いつでもオプ・センターの要求によって派遣される準備が整っている。唯一の付帯条件は、大統領によって適用除外されない限り、民警団法によってアメリカ国内に展開するのを禁じられていることだ。この手続きは正式なものであり、時間がかかる。これまで問題になったことはない。ドーソンがかつていったように、〝知る必要があるひとびとは、そっぽを向く必要もある〟からだった。

ニューヨークからフォート・ブラッグに戻ったヴォルナーは、前日に遭遇せずにすんだ暴風雨と竜巻のあとの、この地域にはめずらしいひんやりとした爽《さわ》やかな空気を味わった。チームが主動的な戦術を基本とする演習を行なっている二階建ての〝シュート・ハウス〟に、ヴォルナーはまっすぐに行った。脅威の性質に応じて、移動し、撃ち、あるいは撃たないことが重視される訓練だった。任務でクリミアへ行くことを予期して、チャールズ・ムーア海兵隊上級曹長が、追加演習を準備していた。

ヴォルナーは、オプ・センターのロジャー・マコードと秘話回線で話をしながら、チームが訓練を終えるのを表で待っていた。任務に出動することを、ヴォルナーはすでにメールでムーアに伝えていた。

殺しの任務になってしまったニューヨーク行きの緊張をほぐし、チームとまた気持ちを通じさせるように、ヴォルナーにすこし時間をあたえてから、ムーアはいつもの不安気な顔になった。

「任務の目的は偵察だけだ」全般的なブリーフィングを行ないながら、ヴォルナーは告げた。「現在、活動の場の状況は、脅威状況《スレトコン》は正常だ」

ムーアが眉《まゆ》をひそめた。「われわれが到着したら、レベルがデルタにあがるでしょうね」

「そのために訓練している」ヴォルナーはいった。

ヴォルナーは見え透いた単純な答でかわそうとした。議論に深入りしたくなかったからだ。ムーアの指摘が正しいから、なおさらだった。チームは彼らがいう〝マッド・プーチン〟と敵のあいだのきわめて狭い緩衝地帯に潜入しようとしている。だが、ムーアはつねに悲観的な部分を強調するので、ヴォルナーは楽天家になろうとした。

チームの面々が兵舎に戻りはじめ、何人かがヴォルナーのそばを通って、前日に彼が余儀《よぎ》なく実行した責務を無言で支援するそぶりを見せた。お見事でしたというように笑みを向けたり、親指を立てたりしてから、ヴォルナーをひとりにした。

ムーアだけが、クマみたいにヴォルナーのそばをうろうろしていた。

「ルジューン（海兵隊の訓練施設）ではみんな無事だったか？」ヴォルナーが唐突にきいた。

ムーアが、ヴォルナーの顔を見た。「おれの顔が読めるなんて、少佐はどういう人間なんですか？」

ヴォルナーは首をふった。「きのうの夜、竜巻のニュースを見た。強風でわれわれの施設に損害が出て、特殊部隊の新兵運搬トラック二台のウィンドウが割れ、標識がちぎれているのに気づいた。一五〇キロメートル南東は、もっとひどかったはずだ」

「ああ、そっちの仲間は無事です」ムーアがいった。「建物はすこし壊れ、地階は浸水して、二時間くらい停電しましたが、重傷者はいませんでした」

「それを聞いてほっとした」

「でも、少佐のいうとおりですよ」ムーアがつづけた。「おれもおなじことを考えてたんです。おれたちがいつもやってるみたいな訓練のさなかに竜巻に襲われたら、ひでえ目に遭うだろうなって」ムーアは首をふった。「なにが起きるかわからない世界だ」

「予測不可能だな」ヴォルナーはいった。

「ええ」ムーアは、ヴォルナーの顔をしげしげと見た。「予測不可能で思い出しましたが、あっちで少佐を支援できればよかった。おれが行くべきでした」

「ありがとう。おれはそう進言したんだが……ドーソンは、ちゃんとやったよ」

「いや、まったく。ましなほうですね……士官学校出にしては」

ヴォルナーは、淡い笑みを浮かべた。「ドーソンは、おれが撃つかもしれないとわかっていたところめがけて階段から跳びおりて、フラナリー元大使を護ったんだ。おれはブライアン・ドーソンとはちょっと揉《も》めていたんだが、きのうそれを帳消しにされた」

「それでも、おれが行って支援できればよかったと思います」ムーアが、不服そうにいった。「獲物がでかい。ロシア人の殺し屋ふたりだ」

ただのプロとしての心情ではなかった。ヴォルナーとムーアは、まったく似ていないが、戦闘で鍛えられ、平時に磨きあげられた真の絆《きずな》で結ばれていた。ヴォルナーはすっきりした見かけで痩せていて、ムーアは背丈も幅ももっと大きく、いかつい顔で、髪は胡麻塩《ごましお》になっている。ふたりは性質がまったく異なる競合する兵種の出身だが、すぐにいい友人になり、三年以上も有能な同僚でありつづけている。ヴォルナーは陸軍第75レインジャー連隊に二年だけ勤務した陸軍少佐だが、ムーアは海兵隊特殊作戦コマンドの上級曹長で、勤務期間は二十年近い。

ふたりはうまく嚙み合っているし、チームは無駄のない整然とした部隊だった。これからの唯一の疑問符は、ポール・バンコールだった。オプ・センターの国際危機管理官は、これまでずっとチームと足並みをそろえてきた。ヘクター・ロドリゲスを失ったあと、これがバンコールの初任務になる。新任者はつねに親しい関係を結ぶのに苦労するものだ。チームに好かれていた人間が亡くなったあとを引き継ぐ新任者は、なおのことたいへんにちがいない。バンコールが任命されたのは、わずか三カ月前だった。小隊のほとんどが、顔しか知らない。バンコールは、ドーソンを乗せてきたUH-72Aで夕方に到着する予定だった。オプ・センターで立案して検討する必要がある任務の細部がかなり残っていると、先刻、バンコールがメールで伝えてきた。

だが、ヴォルナーとチームには空き時間ができた。装備を集めて受令室にしまってから、しばらく休憩させればいい。輸送機に乗って東に向かう前に、それをやっておく必要がある——現地ではダヴィデとゴリアテが対峙《たいじ》し、ぱちんこから石が一個放たれただけで、全域が戦争に巻き込まれるおそれがある。

26

ヴァージニア州スプリングフィールド
フォート・ベルヴォア・ノース
オプ・センター本部
六月三日、午前十時五十七分

ポール・バンコールは、つねに危険を糧《かて》に成長してきた。あるいは遺伝子にそれが含まれているのかもしれない。父親は医師、母親は看護師で、ふたりともエヌグの出身だった。ビアフラが共和国として独立を宣言し、ナイジェリアで内戦が起きたときに、ふたりは巻き込まれた。バンコール家はナイジェリア政府を支持していたが、三十カ月の戦争のあいだビアフラのエヌグにとどまった。小さな国は経済封鎖され、飢饉《ききん》、疫病、怪我《けが》が蔓延《まんえん》した。戦争が終わると、彼らはドミニカ共和国に逃れ、その後、アトランタに移住した。バンコールはそのとき一歳だった。運命のいたずらで、俄作《にわかづく》りの遺体安置所を背景に生まれ――《ニューズウィーク》の記者に撮影されて――封鎖をかいくぐって食料、水、医療品を運ぶ世界的なビアフラ大空輸作戦のポスターチャイルドになった。

アトランタの無料診療所で働く両親とおなじように、少年時代のバンコールは困難だがやり甲斐《がい》のあることに取り組んだ。都市部の荒れた地域の学校でフットボールをやったときも、その後、精鋭のSEALチーム6で軍務に服したときも、みずからつとめてそうした。最後の海外勤務では、シリアとイラクで多岐にわたる作戦に従事した。非合法作戦を行ない、きわめて危険が大きい急襲でISISの指導者を斃《たお》した。

銃撃戦で右腕に二発、腰に一発食らったあと、サンディエゴのバルボア病院で一年以上、負傷戦士大隊（負傷した兵士が復帰できるように治療やリハビリを行なう部隊）で過ごした。肉体的には回復したが、精神的な回復は遅れた。従来の生活に戻れないのを受け入れなければならないことだけが原因ではなかった。ボコ・ハラムのテロリストが祖国を荒らしまわっているニュースを見て、そこで戦いたいと思った。それは不可能だった。すこし時間がかかったが、自分の怪我はかなりひどく、どの特殊部隊チームでも軍務をこなすのは無理だということを、バンコールは受け入れた。退院すると、テネシー州ミリントンの海軍人事コマンドに配属された。生きていることをありがたいと思った。アルゴンキン族の友人キーメ・デコンティは、バンコールの血まみれの腕のなかで死んだ。それに、あらたに宗教に目醒《めざ》め、新しい未来がひらけていた。

バンコールは、回復期に仏教を見出《みいだ》し、ずっと自分の人生の一部であったかのようにそれに傾倒した。それまでの人生の一部だったと断言してもいいと思った——それほど確実にぴたりと合っていた。実体や自分の実存なしで真実を見つけ、幸福を得ようと努力するうちに、傷ついた肉体は自然に治るようにすべきなのだと考えるようになった。

仏教のきわめて精神的な考えかたと言葉を、バンコールは好んでいた。それに、肉体のことでくよくよ悩まないほうが、実際めきめきと回復した。いまの仕事だって〝宇宙〟に心をひらいたからつけたのだと確信している。そうでなかったら、チェイス・ウィリアムズの知り合いの知り合いを通じて、こんなチャンスがめぐってくるはずはない。しかも、オプ・センターが人材をもっとも必要としているときに。

バンコールは笑みを浮かべた。そのときはチャンスがめぐってきたことを不思議に思ったが、いまは納得している。バンコールが大好きな黄金般若経の教えには、理論は真実をじゅうぶんにいい表わしていないという考えが根底にある。仕事上、推理することを日常的に求められるが、なにをやるかを理屈で考えるのではなく、直観でやるほうが、自分と同僚の両方に役立ってきた——そのほうがはるかによかった。

バンコールはオフィスでじっと座り、歴史、現地の宗教、政党と派閥、外交儀礼、ロシア軍とウクライナ軍の部隊配置を吟味《ぎんみ》した。現地で接触することになる人間の名前と電話番号を暗記した。それが終わると、ギーク・タンクへ行き、アーロンやフラナリー元大使と共同作業し、ハードウェアとソフトウェアが機能することを確認した。JSOCチームが、ウクライナ語ができる唯一の人間であるフラナリーと連絡がとれなくなったら、ひとことでいって、まずいことになる。

「ポール、こっちへ来てもらえるか？　フラナリー元大使とアリー・ワイルが来ているんだ」オフィスに戻るとすぐに、マコードに呼び出された。

アリソン・ワイルは、ギーク・タンクの地図製作者だった。もっとも、その肩書は彼女の知識の範囲をいい表わしているとはいえない。アリソンは基本的な地図のほかに、ビットマップ画像、ベクター画像、地理情報システム《GIS》、地形データ構造、先進的な空間データベースの訓練を受けている。ドーソンはひそかに彼女のことを、〝無人島から脱出したいときにいっしょに無人島に取り残されたい女性〟と呼んでいる。

バンコールは、タブレットを小脇に抱えて、かすかに足をひきずりながら、廊下を歩いていった。腰の整形手術の名残りだった。バンコールはオプ・センターに参加してから数カ月たつが、完全に溶け込んでいるという気持ちにはなっていなかった。だれもが歓迎してくれて、チェイス・ウィリアムズがことに温かく迎えてくれたが――前任者の亡霊が薄い霧のように漂っている。それがどこにでもあり、全員にまとわりついている。バンコールは、無理をしなかった。いずれ受け入れられるはずだ。

バンコールがマコードのオフィスにはいると、アリソンが背中をこちらに向けていた。アリソンがふりむき、笑みを浮かべた。アリソンは、太平洋に向けて歴史的な探検旅行を行なったルイス&クラーク隊に加わっていた下士官のひとり、リチャード・ウォーフィントン伍長《ごちょう》の子孫だといわれている。

「おはよう」アリソンが、バンコールにいった。

「ごきげんよう」バンコールは答えた。

ふたりは先週、数夜かけて、CIAのためにイエメンのシャブワ県のマフラク・アッサイード地区の地図を作成した。オプ・センターは、アルカイダの工作員とアラビア半島の指揮所数カ所を突き止めるのを手伝っていた。テロ組織幹部の動きを予想するために、位置とルートのアルゴリズムをアリソンが作成し、攻撃は一〇〇パーセント成功した。

「やあ、ポール」マコードがいった。

マコードのオフィスは、ウィリアムズの長官室の半分以下という狭さで、まともな椅子は一脚しか置けない。それにアリソンが座り、マコードはデスクの奥に立っていた。フラナリーも座っていた。

「わかっていることは——芳しくないことばかりだ」マコードが、話をつづけた。

バンコールは、デスクにノートパソコンを置いた。アリソンが、自分のノートパソコンをそれに接続し、ウクライナの地図がスクリーンいっぱいに表示された。

「アリソン、順を追って彼に説明してあげてくれ」マコードがいった。

アリソンが、ウクライナ東部の地図を拡大した。

「クリミア半島です」アリソンが説明した。「二万五九〇〇平方キロメートルで、すべてロシア軍とロシアと同盟している民兵に支配されています——ただ、このアラバチカ・ストリルカ——〝アラバトの矢〟と呼ばれる砂州《さす》だけはべつです。長さ約一一〇キロメートル、幅は二七〇メートルないし八キロメートル」ふたたび拡大すると、直進降下しているジェット機とその飛行機雲を横から見たような、ロールシャッハ・テストの模様に似た画像が表われた。ものすごく尾が長いチンパンジーが赤ん坊を抱いているようにも見える。

もっともいい」

「きみとチームが行く場所だ」マコードが、バンコールに告げた。

「地政学的には」フラナリーがいい添えた。「ひどい場所すべてのなかでは、ここが

バンコールがそれを理解するのに、一瞬の間があった。「どのぐらい〝いい〟から、最悪ではないのですか？」

「北のほうに上陸できる場所が数多くある。ウクライナのヘルソン州に属し、アゾフ海に面している」フラナリーがいった。

「地形は平坦《へいたん》です。真っ平よ」アリソンがいった。「草地と潟《かた》が大部分で、地学的にはかなり最近にできたものなの。千年前に砂と貝殻が海から打ち寄せられて積もったのよ」

「住民もいるんですね？」細い部分がほとんどを占める長い砂州を見て、バンコールは驚嘆した。

「三千六百人ほどが住んでいる」フラナリーが答えた。「ほとんどは北の村二カ所、シチャスリウツェヴェとストリルコヴェにいる。天然ガス輸送拠点がある——作業員やエンジニアが、つねに出入りしている。地元の人間の服装をすれば、見とがめられることはないだろう」

「われわれ十八人が、ひとつのグループで到着したら、注意を惹くでしょう」バンコールはいった。

「ひとつのグループでは行かない」マコードがいった。「マイク・ヴォルナーがつぎの六人編成を指揮し、最後に支援チーム五人をムーアが指揮する。ヴォルナーとその話をした。きみが六人編成で最初の上陸を指揮する。それぞれ、偽装の作り話を用意する――観光に来た学生だということにすれば、マイクのグループがウクライナ語をしゃべれないのももっともだと思われる。きみのグループは地質学者だ。キャンター四等准尉に修士号の知識を発揮してもらう。最後のグループは、ジャーナリストだ」

「ジャーナリストのグループといっしょに行きたい」フラナリーが、突然いった。

あとの三人が、フラナリーの顔を見た。フラナリーは、目の前のタブレットを一心に見つめていた。

「大使――」マコードがいいかけた。

フラナリーはさえぎった。「二年前、この地域の通信は状態がいいときでも、とぎれとぎれだった。それに、あなたがたの衛星がブレイク君のいうとおり強力だとしても、ロシア軍はかなり高度な無線傍受機器を配置している」

「こちらの信号は解読できないはずだと、アーロンは断言しています」

「それは事実かもしれないが、信号が発信されていることはばれる。暗号化された信号だぞ。クリミア半島にはそういう信号を発信できる人間はいない」フラナリーはいった。座り直し、首をふった。「プーチンは、クリミア半島北部に工作員を潜入させている。シンパもいる——二〇一四年の事変でそれがわかった。空にはドローン、地上にも監視の目がある。プーチンはそういったものから情報を得ていた」マコードに目を向けた。「わたしをここに呼んだのは、手助けと助言を求めるためだったはずだ。ウクライナ語とロシア語を話せる人間がいっしょに行く必要があるというのが、わたしの意見だ」

「長官と相談しなければ——」

「自分ひとりで行くこともできるし、行くつもりだ。そうしなければならないときには」フラナリーはいった。「それより、わたしがきみたちのチームよりも先に行ったほうがいいかもしれない」フラナリーの声には、それまでだれも聞いたことがなかったような決意がこめられていた。

「お話を伺います」バンコールがいった。

「ありがとう」フラナリーはいった。「この常軌を逸した事態、ウクライナ軍の離叛勢力が計画していると思われることは、わたしが愛している国、長年わたしが護ろうとしてきた地域にとって脅威だ」アリソンを見てから、マコードに視線を戻した。

「わたしは……これは高度の秘密に属するのかね?」

「ミズ・ワイルには、じゅうぶんな保全適格性認定資格がある」マコードはいった。

「確認ありがとう」

「失礼した、ミズ・ワイル」フラナリーはいった。「外交官は用心深いものなんだ」

「よくわかっています」アリソンが、安心させるようにほほえんだ。

フラナリーは、考えをまとめた。「相手は老練なウクライナ人だ——彼らの人数も、どこにいるかもわからない——その連中が、ウラジーミル・プーチンを挑発しようとしている」フラナリーは話をつづけた。「彼らの計画ではスッジャを攻撃しようとしているように見えるが、そこがほんとうのターゲットなのか、それとも牽制《けんせい》なのか、複数のターゲットのうちのひとつにすぎないのか、まったくわからない。現地にだれかが行って耳を傾け、情報を読み解かなければならない。さらに重要なのは、経験と知識に基づいて正しく推測することだ」フラナリーは、強い視線をバンコールに向けた。「きみたちにそれができるか?」

「わたしたちは推測に関しては、世界でトップクラスですよ」バンコールはいった。

「しかし、あなたのレベルには達していない」

「では、ほかに方法はないと思うね」フラナリーはいった。マコードに目を戻した。「かならずやれると断言する」

「あなたは階段から落ちた」マコードが指摘した。

「ミズ・ワイルが指摘したように、現地は真っ平だ」フラナリーはいった。「斜面も崖《がけ》もない。階段もない」

「失礼ですが、あなたは……六十歳ですか？　六十一？」

「六十二だ。つまり、じっさいの歳よりも若く、元気に見えるわけだ」

アリソンがくすくす笑った。マコードが顔をしかめた。

「まだ引退する歳ではないし、雨が降っていなければ、セントラルパークで毎日一時間、散歩している」フラナリーはなおもいった。「老人差別だとどなりたくないんだ。わたしにはできる」

マコードは溜息《ためいき》をついた。「わたしには許可できない。ウィリアムズ長官の指示がないと。それに、ポールの後押しも必要だ」

フラナリーは、バンコールの顔を見た。「どうかね？」

国際危機管理官のバンコールは、数秒で決断した。「ロジャー、わたしは脚が悪い。わたしがボートを漕《こ》ぎ、水のなかを歩き、行かなければならないところへ行けるとすれば、大使だってやれるだろう」

「ありがとう」フラナリーはいった。

バンコールは、なおもマコードを見ていた。「それで、アゾフ海から〝矢〟の北部で上陸するわけだな。そのあとは？」

マコードが答えた。「きみらは――南へ行く」まだ信じられないという思いが消えないようだった。「ロシアに併合された地域へ、ニトログリセリンを扱っているみたいに用心ぶかく潜入する」

「移動のその部分は、そんなに厄介ではない」フラナリーがいった。

「そう願っている」マコードは同意した。「アキラ・コーチが、きわめて巧妙にできている書類を作成している。パスポート、旅程表、学生証、記者証――」

「賄賂《わいろ》も必要だ」フラナリーが、きっぱりといった。「書類は重要だが、ユーロ、ドル、円はもっと重要だ。北と南のあいだに検問所があれば、それでまちがいなく通れる」

「教えてもらってよかった」バンコールが、にやにや笑いながらいった。

アリソンが片手をあげた。「もうわたしの役目は――」

「以上で終わりだ、ありがとう」マコードが、全員にいった。アリソンをじっと見た。

「きみだけ残ってくれ。クリミア半島そのものにおけるルートを検討しなければならない」

フラナリーといっしょに出ていくバンコールを、アリソンが〝無駄な抵抗だったわ〟という目つきで見た。

「長官に会いに行く前に、わたしが知っておくべきことが、ほかにありますか？」バンコールがフラナリーにきいた。

「わたしが譲らなかった理由はわかっているね？」フラナリーが答えた。

「もちろん。理屈にかなっているし、非常に感謝しています」

「よかった」フラナリーが顔をしかめながら答えた。「いまいちばんほしいのは痛み止めだ」

27

ロシア、スッジャ
六月三日、午後八時四十六分

イェルショーフ将軍と妻リョーリャの別れの挨拶はつねに短いが、妻を愛していないからではなく、愛しているからだった。歳をとるにつれて、別れはつらくなるばかりだった。

荷造りするだけで、イェルショーフはすでに物思いにふけっていた。副官を呼んで手伝わせてもよかったのだが、それはイェルショーフの流儀ではなかった。カンバスのバッグを念入りに私物保管箱に入れるときですら、時間をかけて、これまで行なった軍旅すべてを、つぶさに思い出していた。還らなかった同志たちのこと。彼らがあとに残した妻子のこと。イェルショーフは、そういう遺族の多くと会った。荷造りをするたびに、彼らが心の底に宿った。

そういった目に見えない事柄が、自分の職業の不確実な部分を思い出させるので、荷造りするのは気が重かった。もう愛するリョーリャと添い寝することはないかもしれないとわかっているので、なかなか進まなかった。だが、自分が信じる大義のために行くつもりだった。偉大で神聖な母なるロシア、自分たちの世代をじっくりと養い育ててくれた祖国のために。

イェルショーフは、ふだん参謀本部ビルに出勤するときとおなじように、リョーリャを一度抱き締めてキスをしてから、玄関を出て、待っている幕僚車に乗った。荷物はそのうしろにとまっていた黒いミニバンに積まれる。

「アナトーリー?」リョーリャがうしろから呼んだ。

イェルショーフは足をとめて、ふりむいた。「あなたのことを誇りに思っているわ」リョーリャがいった。「それを忘れないで」

イェルショーフは笑みを浮かべ、車が走り出してからも、別荘《ダーチャ》をしばらく眺めていた。森のなかのダーチャに住むのはすべてのロシア人の夢だし、イェルショーフはそれを実現した。笑みを浮かべたのは、その思いがすべての亡霊をふり払ったからだった。それに、ふたたび自分のダーチャを目にするときには、任務が終わっているはずだと思うと、自然と笑みが浮かんだ。若葉が枯れて落ち、雪も降るかもしれない。いつもと変わらない夜がつづくだろう……しかし、自分は帰ってくる。それに、このべつの悪霊、ノヴィコフ将軍が引き起こした屈辱を、ようやく葬り去ることができるはずだ。

サンクトペテルブルクから南のスッジャへの距離は、一〇〇〇キロメートルを超える。イェルショーフはダーチャからバルト艦隊の拠点のひとつであるレニングラード海軍基地——政治変動が百年近くつづいても、名称は変更されなかった——へ車で送られる。そこからMi‐24PN攻撃ヘリコプターに乗って南に向かう。NATOが〝ハインド〟（雌のアカシカ）と呼んでいる獰猛《どうもう》な空の軍馬は、モスクワ郊外のクビンスカ航空基地に寄って給油してから、目的地へ飛ぶ。

空から見るロシアは開花期で、青々とした樹冠と淡色の野原が、波が立って押し寄せる海のようだった。だが、クリミアが視界にはいると、暗い気持ちに襲われた。景色はほとんど変わらなかったが、ヘリコプターがゆっくりと降下し、無線交信が減った。局所的気候のせいで雲が厚くなるとともに、搭乗員ふたりが警戒を強めた。NATOとウクライナの無人機《ドローン》がこの地域で作戦行動を行なっていることがわかっているので、空の侵入者がいる気配はないかと、搭乗員は油断のない目でレーダー画面を注視した。四銃身の一二・七ミリＹａｋＢガットリング機関砲と、固定型のＧＳｈ‐30Ｋ二連装三〇ミリ機関砲も、いつもより警戒しているように見える。キャビンの窓に取り付けた機関銃には、だれも就いていない。必要とあれば制圧射撃を行なうための武器だが、おとなしく動かずにいても、殺傷力の高さを隠すことはできない。

低空の乱気流のせいで、貨物室に載せてあるイェルショーフの私物保管箱がガタガタ揺れた。まるでイェルショーフの記憶に封じ込められた亡霊が逃げ出そうとしているようだった。イェルショーフは前方を覗き込み、接近するにつれて大きく、はっきりと見えてきたスッジャに目の焦点を合わせた。

数日前の写真が示していたよりも、ずっと規模が拡大していた。その間に航空機と装甲車両と兵員が多数、到着していた。もう前進基地の体裁ではない。新ロシア軍の誇るべき心臓が脈打っていた――より若く、合理化され、装備を最新化した軍隊だった。冷戦時代の崩れかけたインフラや錆《さ》びた装備を応急修理しているような組織ではない。

どんな将軍でも誇りをもって指揮するような部隊だ――とはいえ、イェルショーフは、プーチンが考えをあらためて、この鉄の波を敵にぶつけるために出動させることを、いまだに願っていた。イェルショーフは、プーチンと会ったときのことを、何度も頭のなかで再生し、口頭の指示とは異なる行動方針をほのめかすような気配が、プーチンの口調や身ぶりになかっただろうかと考えた。

〝戦闘のない戦争、損耗のない征服だ。頭脳による攻城戦だ〟

それはきわめて聡明《そうめい》な戦術なのか？　それとも見込みのない希望なのか？　敵を叩き潰《つぶ》す軍事行動を起こさないとしたら、自分のような軍歴と性向の将軍を派遣する理由がどこにあるのか？

自分を派遣するのは、大統領にとってどちらにも使えるからだと、イェルショーフは判断した。自分なら、ただの演習を「行け！」という命令ひとつで強襲に変えることができる。

ヘリコプターが、指揮所近くの駐機場に着陸した。西側は広い範囲にわたる建物群によって護られている。ブルドーザーのブレードとトロール（地雷を起爆させるための鎖のようなもの）が取り付けてある新型のウラン‐6無人地雷処理車四台が、イェルショーフの目を惹いた。ウラン‐6は、一キロメートルの距離から遠隔操作して、一台で二十人編成の爆発物処理班の代わりをつとめることができる。ロシア軍の再編成にあたってプーチン大統領が最初に承認した装備のひとつだった。略章の下で、イェルショーフは誇りに胸を膨らました。

司令官代行でアフガニスタン戦争を経験している隻眼《せきがん》のドゥヨーミン大佐が、きびきびと敬礼し、力強い握手でイェルショーフを出迎えた。ふたりは指揮所に向かいかけたが、すぐにブリーフィングをやりたいのでこのまま監視・情報センター《SIC》に連れていってほしいと、イェルショーフがいった。

暗い部屋でSICのスタッフが、新司令官が来るから最高の第一印象をあたえようという感じで、張り詰めた態度を示した。イェルショーフは、手ぶりで緊張しないよう合図して、部屋の中央で環状に配置されているモニターのほうへ行った。穏やかなしゃべりかたをする中年の情報主任、パーヴェル・ジャーロフ少佐に紹介され、イェルショーフはひとまわり案内するよう頼んだ。

「クリミア上空に、常時、ドローンを配置しています」ジャーロフがいい、空からの画像が映っている薄型モニターを示した。「二機は」——指差しながらいった——「赤外線能力があります。このワークステーションは、地域に散開している工作員二十三人から、報告を受けています。現在、キエフに支配されている地域の潜入工作員とシンパです」

ジャーロフが〝現在〟という言葉を強調したことに、イェルショーフは気づいた。

「こちらのワークステーション三カ所は、空から機甲部隊の情報を受けています」ジャーロフが説明をつづけた。「通信チャンネルはつねにあけてあります」

それもイェルショーフには納得のいくことだった。兵士は無線機を持っている。勤務中には無線で交信する必要がある。気を散らしているのを指揮所に知られたくないから、個人的なおしゃべりはしない。ここは一線級の施設なのだ。勤務中は、プロフェッショナルとしてふるまうことを求められる。

「これはなんだ？」つぎのモニター二台の方眼《グリッド》――地点指示用格子線を見て、イェルショーフはきいた。嘘《うそ》発見器のグラフのようだった。

「新しい技術です」ジャーロフが、得意げにいった。「空気静力学《アエロスタスティクス》です」

「飛行船による監視か」イェルショーフは、感心していった。「音響だな？」

「はい、将軍。ＤＰ - 29二機を三日前に離昇させました。世界でもっとも先進的な聴音哨《ちょうおんしょう》です。この型は無人機ですが、巡察型《ドゾール》は搭乗員数人と狙撃《そげき》兵が乗って、指定目標の攻撃に使用できます」

ジャーロフの指示で、技術兵がイェルショーフにタブレットを渡した。

「今回の試行任務のデータはすべてタブレットに保存して、分析と評価のためにそのままモスクワに送ります」ジャーロフがいった。

「どうして電子的な手段で送らないのだ？」イェルショーフはきいた。「キエフにはアメリカ製の電子機器がある――どのみち飛行船の信号を傍受できるはずだ」

「飛行船の信号捕捉《ほそく》ソフトウェアによって、ハッキングした敵が危険にさらされるからです」ジャーロフが説明した。「飛行船がハッキング源を精確に突き止めて聞き耳を立てます。われわれの信号を傍受すると精確な位置をモスクワに知られてしまうことに敵はすぐさま気づいて、傍受をやめました。しかし、モスクワに電子的な手段で送ると、そのときにハッキングされるおそれがあるので、毎週、データを保存したタブレットを送るようにしています」

イェルショーフは、ジャーロフ少佐とモニターの列と周囲を見まわして、心の底から誇らしく思った。これまでは、ここを指揮するのは一種の降格かもしれないという考えを拭《ぬぐ》い去ることができなかった。しかし、いまははっきりと悟った。プーチン大統領は、ロシア軍の装備のなかでもっとも貴重な軍事資産を任せてくれたのだ。

ジャーロフが、飛行場から離昇する飛行船の映像を呼び出した。黒い気嚢《エンベロープ》に目立たない赤い星が描かれ、貨車ほどの大きさだった。だが、張り綱を前後に操作している地上員の叫び声を除けば、飛行船はまったく音をたてなかった。

「あれが推進装置だな？」後部の小さな送風管を指差して、イェルショーフはたずねた。

「ほとんど無音の横方向送風式の空気加速装置です」ジャーロフがいった。「夜間には、空を見あげて星が見えないのに気づかない限り、監視されているとはわからないでしょう」

「赤外線も出さない――」イェルショーフは気づいた。

「ぼんやりした画像にもならない。カサコソという音だけです」ジャーロフが、笑みを浮かべていった。

ふたりはなおも見てまわり、イェルショーフは、脳がコンピューターで目が高感度カメラでもあるかのように、すべてを記憶した。時空を移動して若いころに戻った――知恵と経験はいまのままで若返った――ような心地になった。すばらしい心地だったが、このあとは二度と味わえないだろうとわかっていた。

自分はこの地域におけるロシアの未来の鍵《かぎ》を渡されたのだ。どんな状況でも、ウクライナやその同盟国がそれを損なうことは許さない。ぜったいに。

イェルショーフは、指揮所の質素なダイニングルームに幹部将校八人を集めて、晩《ばん》餐会《さんかい》をひらいた。ジャーロフが右隣りの席で、情報を重視していることを強調した――夜明け直前に開始される機動演習の全体計画に、イェルショーフは耳を傾けた。

「聴音と監視を行なっているわけではない兵員と装備の位置と性質を、わたしが知る必要はない」イェルショーフはそういったが、おもにジャーロフに向けた言葉だった。

「機動を開始したときに、すべての兵員とすべての資産が活動を開始するということさえわかっていればいい」

「前線でも作戦が行なわれます」イェルショーフの左の席にいたイヴァン・イサーエフ大佐がいった。「特殊部隊七個分隊が、地元住民に紛れ込むか、ハイカーや測量技師を装い——」

「計画されている重要な事柄がある」イェルショーフはそういって遮った。「わたしはティモシェーンコ国防大臣とプーチン大統領から直接、知らされた。GRUのサイバー監視本部が、われわれの基地に対してまもなく仕掛けられる陰謀を発見した——国境に近く重要度が高いこの基地が攻撃される可能性が高い」

その言葉の意味が理解されるのを待って、イェルショーフはつづけた。

「モスクワとアメリカにいるわれわれの諜報員《ちょうほういん》が、命を懸けて敵のスパイ網を潰そうとしてきた。われわれの最高の諜報員ひとりが、ニューヨークの中心部で任務中に命を落とした」メインコースが下げられるあいだ、イェルショーフは沈黙してから、司厨員たちに呼ぶまで下がっているよう合図した。前で手を組み合わせた。「わたしは責務を課せられた——大統領じきじきに——この部隊ができるだけすみやかに戦闘態勢を整えるようにしろと命じられた。わたしはその命令を実行するつもりだ。それに、わたしからもひとつ命令がある。きみたちは全員、ウクライナの戦車部隊指揮官タラス・クリモーヴィチ少将のことを知っているだろう。〝狐《リース》〟と呼ばれている男だ」

八人がそれぞれうなずいたり、なにごとかをつぶやいたりした。

「やつは身を潜めている」イェルショーフは話をつづけた。「だが、機甲部隊に厳重に守られている軍事施設に対してキエフが行動を起こすとしたら、かならずやつが関与するだろう。そうせざるをえない。クリモーヴィチはウクライナで最高の戦術家、戦場の指揮官だ」

「それに、やつらにとっては英雄で、ウクライナ軍では伝説的人物になっています」イサエフがいった。「ウクライナがそういう人間を危険にさらすでしょうか？」

「宇宙に一番乗りをしたガガーリンのように温存するだろうという意味かね？　二度目の宇宙飛行で死ぬといけないから」

「それもありますし、将軍、捕虜になって屈辱を味わわされるおそれもあります」

「それも考えられる」イェルショーフはいった。「しかし、わたしはクリモーヴィチに関するあらゆる資料を読んだ。ラブコヴィチの戦いの前から、やつは指導者としてきわめて目立っていた。部下やウクライナ軍への影響力も大きかった。自己愛がかなり強いのではないかという気がする」

「ロンメルのように?」イサエフがいった。

「この〝狐〟と、〝砂漠の狐〟と呼ばれたヒトラーの将軍が、それほど似ているかね?」イェルショーフはいった。

将校たちが笑った。両者の綽名《あだな》からも、似ていることは明らかだった。

「戦車部隊が関わってくれれば、やつは隠れていないだろうと思う」イェルショーフはいった。「わたしはやつを捕らえたい。ジャーロフ少佐、きみの飛行船で特定の声や、会話のパターンを捜索できないか? 録音できるはずだな?」

ジャーロフは、すぐには答えなかった。デザートスプーンをぼんやりといじっていた。

「少佐?」イェルショーフが促した。

「率直に話をしてもよろしいですか?」

「そのほうがむしろありがたい」イェルショーフはいった。テーブルの周囲を見まわした。「きみたちはみんな専門家だ。それぞれの仕事の詳細は知らない。だが、率直であってほしいと思っている」

何人かがうなずいたが、ほとんどの将校が用心深く黙っていた。いずれも職業軍人だった。軍隊では、いいたいことをいったり、反対意見を口にしたりする将校は出世できない。エルヴィン・ロンメルも、結局は生き延びられなかった。

「イェルショーフ将軍、お言葉ですが、わたしの資源の単一ターゲット捜索アプリケーション、イサエフ大佐の人的資産、あるいは衛星を使うと、莫大《ばくだい》な資産を費やしてもわずかな成果しかあげられない可能性があります」ジャーロフはいった。「その間にべつの危険が忍び寄るかもしれません」

「GRUはやつの家族を監視したが、発見できなかった」イェルショーフはいった。

「わかっております」ジャーロフはいった。「逆方向の手順で捜索することを提案します。いくつかの目と耳に、ウクライナの前方機甲部隊を見張らせるのです。組織だった手順で、部隊全体を調べ、東に移動する車両があれば、その通信を傍受し、逆探知します。どこかに発信源があるはずです。暗号化されているかもしれませんが、通信そのものでやつの居所がわかります。そのあと、地上と空と宇宙から、その場所を監視します。やつがいるかどうか、目を光らせます」

イェルショーフは、その提案について考えた。資料もなにもないテーブルを前にして、ジャーロフがそういう計画を編み出したことに、感銘を受けた。

「ありがとう、少佐」イェルショーフはいった。「きわめて賢明な方策だ。やってくれ」部屋の奥に立っていた副官に合図した。「しかし、デザートを食べてからでいい」

一同が、ビーチボールから空気が抜けるように、それぞれ緊張を解いた。ほっとした表情が戻った。イェルショーフは、そういったことをなにひとつ見逃さなかった。幕僚たちとの最初のやりとりは重要だ。結果を重視するだけではなく、書類に判を捺《お》すことや昇進よりも任務に献身するよう部下に求めていることを徹底させたかった。

そのあとの食事はいたってなごやかだった。スッジャ基地の一致団結した強力な活動を組織化することに、だれもが熱意を燃やしていた。

28

ヴァージニア州スプリングフィールド
フォート・ベルヴォア・ノース
オプ・センター本部
六月三日、午後二時三十分

マット・ベリーがホワイトハウスから到着したときには、オプ・センターはすでにヴォルナーのチームをウクライナに派遣する準備をかなり進めていた。バンコールが、フラナリーをチームに同行させるようウィリアムズを説得していた最中に、ベリーは長官室に案内された。

「ポール、きみもわたしも、負傷者といっしょに仕事をしたことがある」ウィリアムズはいった。「体の左側をかばっているのを見るまでもない——目を見ればわかる。

痛みをこらえている」

　バンコールもフラナリーも、それは否定できなかった。しかしながら、ふたりは強く主張した。ウィリアムズは最後には折れて、同行させるかどうかはヴォルナーの判断に任せるといった。

「クリッパー（ボーイング737‐700C旅客機の軍用型。〝クリッパー［快速帆船］〟は海軍での愛称）で揺れや乱気流をしのげるようなら、ボートに乗るのも耐えられるだろう」ウィリアムズは判断した。「しかし、決めるのはヴォルナーだ。カーソン軍曹の助言で」

　リーヴァイ・カーソン三等軍曹は、チームの衛生兵だった。人事について拒否権を行使する権限はないが、彼の助言はヴォルナーの下す決定すべてに重要な影響力がある。

　バンコールとフラナリーが出ていき、ウィリアムズはベリー、アン、ライト、ドーソンとともに、これまでにまとまった計画を検討した。全体的な戦略はきちんとできあがっていた。あとは、黒海に近いトルコのアマスィヤ・メルジフォン空軍基地までのフライトのあいだに、フラナリーの意見を聞きながら、ヴォルナーとバンコールが煮詰めればいいだけだった。まだ決まっていない細かい部分は、ケルチ海峡を抜けてアゾフ海にはいる水上移動をどう手配するかということだけだった。

ハワードに説明するために、ベリーが席をはずした。情報はハワードから大統領に伝えられる。

ランチが注文され、チームはこの日はじめての休憩をとった。

「あんたはおれとおなじ気分みたいに見えるよ、チェイス」タコスの包装を剝《む》きながら、ドーソンがいった。

「そうか？　きみはどういう気分なんだ？」チーズバーガーには手をつけず、フレンチフライだけをつまみながら、ウィリアムズはきいた。

「おれはここでも軍でも、こんなにすくない情報だけで、いまにも爆発しそうな火薬《かやく》樽《だる》みたいな状況に跳び込んだことはなかった」

「だから行くんじゃないか」ウィリアムズはいい返した。「情報を得るために」

「そうだ」ドーソンはいった。「火薬樽についての情報を集める。だが、そいつは地雷原にある」首をふった。「前代未聞だよ。あまりにも楽観視していて、常軌を逸している。大胆すぎる決断だと何度も非難されたおれですら、そう思うんだ」

「わかっている」ウィリアムズはいった。「いっぽうではロシア軍の機動が増加している。もういっぽうでは、離叛勢力とおぼしいウクライナ軍の精密軍事作戦が準備されている。ＮＡＴＯは戦時態勢で、ロシア軍の攻撃に備え、ポーランドに資材と装備を集積している——どちらも玄関先に小規模な部隊を配置している。そして、われわれのチームは、プーチンがあらゆることに目を光らせている地域のどまんなかを縫って進む」ウィリアムズは、ベリーの顔を見た。「どう思いますか?」

「もうひとつの選択肢——なにもしないこと——は望ましくないと思う」ベリーはいった。

「同感です」ウィリアムズは相槌《あいづち》を打った。「われわれがなにをやろうが、クリミア問題に干渉したとプーチンは唱えることができ、それが全世界にひろまるでしょう」

「しかし、相手に動く気配があったら、きみのチームは撤退する。そうだね?」

「計画ではそうです」ドーソンがいった。「どこかで釘付《くぎづ》けにならなければということですよ。そうなったら、救出しに行けない」

ウィリアムズの電話が鳴った。マコードからだとわかり、ウィリアムズはスピーカーホンにした。

「バイオニック・ヒルの火災の原因について、情報がはいりました」情報部長のマコードが伝えた。「ロシア製迫撃砲弾の爆発です。残骸から砲弾の破片が見つかり、迫撃砲そのものも近くの物置で発見されました」

「標章は?」ウィリアムズはきいた。

「削り取られていました」マコードが答えた。「監視カメラの録画を調べたところ、犯人はかなり注意していて、完全な死角にいたようです」

「ロジャー、ブライアンだ」ドーソンがいった。「どうやってセキュリティを通過して迫撃砲を持ち込んだんだ？」

「装備類の木箱を積んだトラックが、しじゅう出入りしている」マコードが答えた。

「ずいぶん間抜けな話だな」

「何者が発射したか、見当はつかないか？」ウィリアムズはきいた。

「まだわかっていません」マコードが答えた。「それはどうでもいいかもしれない」

「どういう意味だ？」ウィリアムズはきいた。

「ロシアがやったにせよ、ロシアの仕業に見せかけるためにウクライナ人がやったにせよ、クリミアの西ではウクライナの大衆すべてが、〝ロシア製の迫撃砲弾が発射された〟と聞いて憤激しているからです」

「ということは、ロシアに対する悪感情を煽るためにウクライナ人がやったような感じだな」ウィリアムズはいった。

「煽るまでもないでしょうね」ドーソンが指摘した。「ロシアはずっとウクライナを挑発してきました。無謀な攻撃――いま計画されているものよりも大規模な攻撃――

に踏み切らせるためですよ」

「大規模な攻撃が望ましいとロシアが考えている理由は?」

「ウクライナ軍の戦車と砲兵を、それだけ多く破壊できます」ドーソンがいった。

「ウクライナが牽制作戦で自分たちの足跡を消そうとしたのかもしれない」マコードが推理を口にした。「あるいは、バイオニック・ヒルのその建物を全焼させ、そこでやっていたことを葬り去ろうとしたのかもしれない。ロシアのせいにするのは余禄だった」

「いい指摘だ」ウィリアムズはいった。

「もっと情報を集めますが、その奥の部屋でだれが働いていたのか、だれも知らないというのが事実です」

「ガリーナ・ペトレンコとフェディール・リトヴィンが何者の手先だったのかについて、なにか手がかりはないのか?」ドーソンがきいた。

「なにもない」マコードがいった。「ふたりともプリペイド携帯電話を使っていたとわかっている。リトヴィンの電話には、ウクライナ総領事館の連絡相手しか保存されていなかった」

「不思議に思っていたことがある」ドーソンが切り出した。「NATOは見かけは立派でも中身がないと、これまでもいわれてきた。プーチンがNATO加盟国を攻撃しても、アメリカは軍事介入しないという意味だ。なにかきっかけになるようなことが起きた場合、プーチンはポーランドかその他の加盟国にちょっかいを出して、われわれの出かたを見るんじゃないか？」

「湾岸戦争でサダム・フセインがイスラエルにスカッド・ミサイルを撃ち込んで挑発しようとしたときのように」ウィリアムズはいった。

「そのとおり」ドーソンが答えた。

「これがはじまってからずっと、わたしはそう考えていましたよ」ライトがいった。

「国際社会が関与せざるをえないようなことが起きたとき、戦争になるよりはプーチンと条約を結び、いまよりももっと都合のいいあらたな版図《はんと》を合法的にあたえるはめになるかもしれない」

「ウクライナ政府の要人がひそかに関わっていることが、それで説明できるかもしれない」マコードがいった。

「どうして？」ウィリアムズはきいた。

「クリミアが炎上していたときに、われわれが行動しなかったことを、ウクライナ議会の多くの議員が不満に思っています」マコードがいった。

「トルコを通じて武器を供与したのに」ドーソンがぶつぶついった。

「小火器のたぐいを漁船の船隊に運ばせただけだ」マコードが反論した。「わたしはジムの意見に賛成だ。わたしの情報源も、屈辱的な措置だとウクライナの議員たちが思っていることを裏付けている。発展途上国の田舎者にはその程度のものをあたえておけばいいといっているようなものだからだ。ウクライナ政府の一部は、アメリカがもっと高度なレベルで明確に取り組むことをいまも望んでいる」

「そのために、プーチンを怒らせてＮＡＴＯ加盟国を攻撃するよう仕向けるわけだな」ウィリアムズはいった。

「そのとおりです」マコードが答えた。「そして、三年後には、彼らの不満は怒りに変わり、我慢できなくなる」

「武器供与で侮辱されたせいで、第三次世界大戦をもてあそぶのね」アンがいった。

「それが正当だといっているのではないんだ、アン――」マコードが、声を荒らげた。

「そんなつもりでは――」

「しかし、中央政界《ベルトウエイ》内部の知人の多くは、これをきわめて用心深く見守っている――わたしたちが見ていることすべてが、プーチンに向けた挑発のようでありながら、じつはアメリカに向けたものではないかと。プーチンが過剰に反応すれば、アメリカは関与せざるをえなくなる。考えすぎだと思うかね？　ＣＩＡのわたしのカウンターパートは、プーチンがこれらすべてを画策しているのだと考えている。ウクライナの離叛勢力に資金を提供し、ウクライナ政府に亀裂《きれつ》を生じさせて、それをスッジャから侵攻する口実にする。〝地域の安定〟と国境地帯の平和維持をはかると称して――ウクライナの五〇、六〇、八〇キロメートル奥まで侵攻するわけだ」

「そして、いずれは併合する」アンがいった。

「ＮＡＴＯが追い返さない限り、そうなる」マコードはいった。「おそらくそうはならないだろう。すると条約だ。プーチンは撤兵せず、新しい版図を得る」

「おれはプーチンの発案だとは思わない」ドーソンがいった。「ウクライナ工作員ふたりを殺したことが、その想定と一致しない。プーチンとキエフの両方に我慢できなくなって異常な行動を起こしたウクライナ人の集団の策謀だと思う。クーデターにならない軍事クーデターのようなものだ。ただ、どういう計画にせよ、全体像がつかめない」

「ふたりの意見はよくわかった」ウィリアムズはいった。「軍事計画が進められているという前提で進めなければならない。だからこそ、話は変わるが」――ベリーのほうをちらりと見た――「大統領の意向に賛成だ。わたしたちは言動の両方に、きわめて用心しなければならない。わたしの現地での占い棒は、フラナリー元大使だ。問題の地域と住人のことをよく知っているし、無駄な動きはしないだろう。フラナリーは激しい懸念を抱いているし、だからわれわれはヴォルナー、バンコール、フラナリーを現地に行かせる。彼らから連絡があるまで、こちらは国境の両側で大なり小なり物事が展開するのを注意深く見守ろう」

総意がまとまることなく会議が終わった。ウィリアムズのチームでは、それがふつうだった……どんな委員会でも政府でも、総意を明確に打ち出すことはめったにない。アンが最後に出ていった——同情するような目でウィリアムズを見てから、ドアを閉めた。

ウィリアムズは、座り直した。食事をしようとしたが、あきらめた。指導者たちの性格を読み解いて、計画が明確にわかるような手がかりを集めようとしても、すべては憶測にすぎない。それでは不完全な結論に多くの命を賭《か》けることになる。スタッド・ポーカーをやって、一枚のカードにすべてを賭けるようなものだ。正直なところ、狙って殺すターゲットを指示され、現場で命令に従っているほうが、ウィリアムズの好みには合っていた。交戦規則と達成する目標があり、将校は問われない限り意見を口にしない。

いまの仕事に就いてから、フラナリーのような人物への敬意がいっそう高まった——ライトはかつて、彼らを〝地政学のジャグラー〟と呼んだ。だからこそ、フラナリーが息巻いて同行すると要求したことに同意したのだ。ウィリアムズにとっては、それが転換点だった。負傷した年配の男が、どんな苦難が待ち受けているかもわかっていないのに、そう志願した。ヴォルナーとバンコールがまだ計画を完全に練りあげていないので、どうなるか予測できない。しかし、フラナリーのような熟練の外交官が激しい懸念を抱いているのだから、自分もおなじように考えなければいけないと、ウィリアムズは思った。

ウィリアムズは、食べ物のトレイを腹立たしげにゴミ箱にほうり込んだ。軍隊にいたころに経験した危険、恐怖、窮乏を考えると、バーガーやオフィスのエアコン、暖かい陽射しのなかに出ていっても安全だということが、退廃的に思えた。〝義務はじゅうぶんに果たした〟という昔ながらのいい訳は、六十二歳の外交官を危険地帯に送り込むときには使えない。

ウィリアムズにとって幸運だったのは、ひとつの解決策があることだった。メールをひらいて、その解決策を用いることにした。アナポリスの海軍士官学校にいたときに、ドイツとナチスの歴史に関する講義で、一少尉として教授に質問した。

「ダンケルク撤退の九日間は、わたしにはとても耐えられそうにないと思います」少尉はいった。「無数の兵士がそこに閉じ込められていたことを考えると」

「考えずにいることが」教授のタラ・フィッツパトリック海兵隊少佐が答えた。「最善の場合もあるのだよ」

29

大西洋上空
六月三日、午後四時二十二分

マイク・ヴォルナーが幼いときに、母方の祖父がくりかえし歌ったジーン・オートリーの曲がある。

〝おれはふたたび鞍にまたがり《アイム・バック・イン・ザ・サドル・アゲイン》……〟。

祖父アルバートは、そのひと節しか知らないので、合間に〝オー〟といってから、何度もくりかえし歌った。そのころのヴォルナーはまだ幼かったので知らなかったが、祖父母のアルバートとユージェニーは彼の人生でたったひとつの不変不朽の要素だった。ヴォルナーは八歳のときから、祖父母のもとで暮らした。両親が憎しみ合って離婚したあと、大学教授だった父親は外国へ行き、四年後、パキスタンで教鞭《きょうべん》をとっていたときに、自動車爆弾の巻き添えになって死んだ。母親は過度の飲酒と薬物摂取で、施設にはいらざるをえなくなった。そのため、ヴォルナーはフィラデルフィア郊外のジャーマンタウンに住む祖父母に引き取られ、ずっとそこで暮らした。独立記念館、ゲティスバーグ、ヴァリー・フォージへ行ったことがきっかけで、ヴォルナーは陸軍にはいり、職業軍人になった。

軍隊はヴォルナーが情熱を注ぐ対象としては不足だった。軍服を着ているときに、ウェイトレスや銀行の窓口係やまったく見知らぬ人間から、〝国に尽くしてくれてありがとう〟というような善意ではあるがおせっかいな言葉をかけられるのが嫌だった。ヴォルナーは、アメリカとアメリカが護っていることを敬い、愛するように育てられた。古い映画やテレビドラマのカウボーイに対しても、そういう感情を抱いていたので、国に尽くすには軍人になるのがいちばんいいと感じていた。

「そして、やがて〝ローン・レンジャー〟みたいな任務が舞い込んだんです」最初のイラク出征のときに、ヴォルナーは祖父のアルにいった。

ヴォルナーは、左の席に乗っていたフラナリー元大使に、フォート・ベルヴォアやフォート・ブラッグの将軍たちに対するのとおなじような敬意を抱いていた。この人物はアメリカを愛しているだけではない。ウクライナのこともおなじくらい愛しているのだ。それには格別な心情がなければならないし、こうして同行するのにはたぐいまれな勇気を必要とする。まして軍の輸送機での旅は、揺れが激しいことで知られているから、フラナリーは痛みにさいなまれているはずだ。カーソン軍曹が、痛みを和らげるためにフラナリーの上半身に包帯を巻いたが、息をしないわけにはいかない。そこで、頭がぼうっとしないように、鎮痛剤ではなく強力なアスピリンが処方された。

「肺に穴があかなければだいじょうぶですよ」フォート・ベルヴォアの医務室で、カーソンはいった。

「そうなったと、どうしてわかる?」フラナリーはきいた。

口をゆがめて笑いながら、カーソンは答えた。「そのときは、きかなくてもわかります」

オプ・センターは、専用の長距離輸送機として、この標章のない艶消《つやけ》しグレーのC-40Aクリッパー輸送機を調達していた。ボーイング製の旅客機が原型で、空軍と陸軍に使用されている働き者だった。オプ・センターの機体は、空軍機だったようだ。ポープ陸軍航空基地の地上員は、ヴォルナーが〝敵機〟を使うとからかったが、自分たちの機体であるかのように丁寧に世話をしていた。ウィリアムズの考えでは、クリッパーは環境問題を重視する議員たちに好感を持たれるはずだった。国際社会の非難を浴びることがなく、環境基準を満たしている。つまり、燃費がよく航続距離が長いという実用的な利点がある。標準の三人掛け二列の座席だと乗客百二十一人が乗れるが、座席配置を変更すれば貨客機にも兼用でき、貨物パレット三台と乗客七十人を搭載できる。必要とあれば兵士だけではなく一般市民も避難させる能力があるのを、ヴォルナーは気に入っていた。それに、C‐17などの巨大輸送機よりもずっと短い滑走路に着陸できる。トルコの目的地は、まさにそういう飛行場だった。

離陸すると、三人が向き合うように座った。ヴォルナーとバンコールは座席で額を寄せるようにして、〝矢〟に行く計画を再検討した。問題の地域の地図が、ネットワークで接続されたそれぞれのタブレットに表示されていた。フラナリーは床に座っていた。

「われわれは黒海を約二五〇海里、縦断しなければならない」ヴォルナーはいった。

「チーム全員と装備を甲板下に収納できる漁船で、トルコのサムスンから出発できます。一六ノットは出るだろう――海峡まで約十六時間かかる。休息する時間はたっぷりあるし、ロシアのレーダー網を潜り抜けることを心配する必要もない」

フラナリーは、話を聞いてから、ヴォルナーをつついた。

「ロシアはそこの非合法作戦のことを知っている」フラナリーは、以前に黒海を縦断した秘密船隊を引き合いに出した。「二〇一四年、武器密輸のさなかに知ったんだ」

「ロシア軍は船を取り調べたんですか？」バンコールがきいた。

フラナリーは、首をふった。「偽装漁船の数はあまりにも多かった。かなりの数がトルコ、ブルガリア、ルーマニアからアゾフ海に向かっていた。金で雇われた船もあれば、ほんものの漁船もあった。海上を完全に封鎖するだけの資産が、モスクワにはなかった。ロシア軍機は民間機に急接近し、何度か威嚇《いかく》射撃をして、警告のために民間機一機を撃墜した。それで空輸が行なわれなかったんだ」

「いまのロシアは戦争をやっていません」バンコールが指摘した。

「それに、ウクライナは禁輸を受けていない」フラナリーはいった。「ベラルーシ、ブラジル、その他の国から兵器を買っている。ロシアはわれわれに手出ししないだろう」

その地域に関する国防総省の情報報告書で、ヴォルナーもそう判断していたが、フラナリーの参加と見識はありがたかったので、礼をいった。

「ラムシュタインで空中給油し、黒海東岸のトラブゾン空港に着陸します」ヴォルナーは説明をつづけた。「そこからバスで船まで短い距離を行きます。船長はカーン・ハムザチェビという名前です」四十代の浅黒い男の写真を表示した。眼帯をつけ、長い顎鬚《あごひげ》を生やしている。「トルコ海軍にいて、エアクッション揚陸艇の試運転中に片目を失いました。ささやかな年金をもらっていて、海務時間とエアクッション揚陸艇を製造したオーストラリア企業に深い恨みを抱いています」

「きみが知っている男か？」フラナリーはきいた。

ヴォルナーは首をふった。「しかし、A2に等級付けされています。フォート・ブラッグのお偉方は、この男を信用しています」

「では、どうしてA1ではないんだ？」バンコールがきいた。

「トルコ共和国かキリスト教徒がからんだ紛争が起きたときには、敵がだれでも、やはりトルコ政府の肩を持つはずだからですよ」ヴォルナーはいった。

「シリア正教会の信者か」バンコールが、身上調書を読んでいった。「シリアが発祥の地だということだな」

「そうだ」フラナリーがいった。「しかし、東方諸教会に属していて、キリスト教のもっとも古い教義の一部を守っている。伝統的に、戦争よりも修道士的な理想を重んじる」

「会うのが楽しみだ」バンコールがいった。

ヴォルナーが目を向けた。新任の国際危機管理官が仏教徒だというのは、身上調書で知っていた。

「きいてもいいですか——おれは無知なので、埒《らち》を越えたようなら許してください——戦争と信仰をどう噛み合わせるんですか?」

「どうしようかと思っているところだよ」バンコールが、笑いながらいった。

「現代の大きな疑問のひとつだね」フラナリーが、口を挟んだ。

「ハムザチェビ船長とおなじように、わたしも病院に長いあいだいた——そのあいだ、腹を立てたり、絶望したり、落ち込んだりした」バンコールはいった。「自分自身に責任があるという仏教の考えかたが、自分の信念の体系にぴたりと合ったんです。サランパという考えかたがあり、人間は破壊をもたらす経験——たとえば瞋《ドーサ》(瞋恚《しんい》)から暴力にはしり、自分を傷つけることがある。それが悟りをひらくのを妨げるというんです。甘いものを食べ過ぎる子供のようなもので、数多くの理想の発達を遅らせます」

「親に叱《しか》られない限り」フラナリーがいった。

「ええ、師は厳しくしますし、そうすべきです」バンコールはいった。「しかし、結局は自分が精神的に成長するかどうかが肝心です」バンコールは、タブレットを指差した。「病院にいるあいだに、ありとあらゆる宗教のことを読んだので、この船長にもそういう葛藤《かっとう》があるにちがいないと思ったんです」

フラナリーは笑みを浮かべた。「それで」機体が揺れたので、顔をしかめた。「それで、わたしたちはみんな、おなじような疑問を抱くものなのだろうか?」

ヴォルナーは、この会話にはついていけないと思い、こっそり地図に目を戻して、ケルチ海峡とアゾフ海付近の航程を丹念に見た。まだ考えなければならない戦術、下さなければならない決定が残っている。ハムザチェビとともに〝矢〟に向かうあいだに、アンが上陸の手はずをすべて整えることになっていた。地図をつぶさに見るうちに、北から長距離を移動するよりも、ロシアが支配している南に上陸するほうが、兵站《へいたん》面からは合理的ではないかと、ヴォルナーは思いはじめた。

ヴォルナーが問題の地域の地図に注意を集中していることに、フラナリーが気づいた。

「早めに錨《いかり》をおろすことを考えているんだな?」フラナリーはきいた。

「夜明け前にトルコに着陸します」ヴォルナーが、考え込むようすでいった。「海峡に達するのは日没直前になる。暗くなってからアゾフ海にはいる。ずっと北にまで行き、南下するときに地元住民に姿を見られるのは、不都合でしょう」

「ロシアはその水域をかなり頻繁《ひんぱん》にパトロールしている」フラナリーがいった。

「かなり頻繁にといっても、間隔があるわけです」ヴォルナーは、オプ・センターに最新情報を要求しながらいった。「それに、余分にかかる時間が、あとで影響するかもしれない」バンコールに向かっていった。「どうですか?」

バンコールがうなずいた。ふたたび戦闘に参加する可能性があり、リスクの大きい上陸を行なうという思いが、何年も眠ってた野性的な部分を呼び醒ました。バンコールは、それを抑えはしなかった。

「ハムザチェビにそれなりの報酬をはずめばいいだけだ」ヴォルナーが、指をこすり合わせた。

「宗教対話で説得できればいいんだが」バンコールが冗談めかしていったが、半分本気だった。

「大使」ヴォルナーが話をつづけた。「ロシアの海上パトロールについては、衛星データが得られます。それはあとで考えるとして、暗闇《くらやみ》で上陸するのに好都合な場所はどこですか?」

「ロシア人の多く、裕福なロシア人は、にソリャニエを保養地に使っている」

「釣りですか?」

「プレジャーボートだ」フラナリーはいった。「きみらの船はそれで通るか?」

「わかりません」ヴォルナーは正直にいった。「ソリャニェはアラバト砂州の三カ所の街のうちのひとつで——ロシアの支配地にある唯一の街ですね」

「そのとおりだが、セヴァストーポリがいまも係争中だが」

「怪しまれたり、係争に巻き込まれたりするのは、避けたい」

「ソリャニェは何キロかビーチがあるだけの細長い街だ」フラナリーはいった。「しかし、ほかの場所を提案したい」身を乗り出して、タッチスクリーンを南にスクロールした。「アラバト要塞《ようさい》だ。十七世紀ごろにトルコが建築し、一七三七年にロシアに奪われた——プーチンが歴史的にロシアの領土だという根拠になっている——これまでほとんどの戦争で使われてきた。だが現在、戦略的価値は皆無だし、夜間には観光客もいないだろう」

「海上のパトロールだけで」ヴォルナーはいった。

フラナリーがうなずいた。

「よさそうですね」バンコールがいった。「そこから半島に進んで、夜明け前に身を隠せるでしょう」

「そこへ行こう」ヴォルナーも同意した。

バンコールがオプ・センターに連絡し、国家偵察局《NRO》の最新監視情報を得て、アゾフ海南部で操業している漁船の数を調べた。

ヴォルナーはキャビンへ行って、チームに計画変更を知らせ、海岸線とクリミア半島そのものの北部をよく知るために地図を見ておくようにといった。

「闇のなかでも付近のことがわかるようにしておく必要がある」

任務が開始されると、当初は仲良く群がる傾向があるのだが、たちまちそういう雰囲気が消えて、チームは予習のために額を集めた。聞こえるのは大きく強力なCFM-56-7エンジン二基のわずかにくぐもったうなりと、機体に格納された降着装置が揺れる音だけだった。

ヴォルナーには、自分の鼓動も聞こえていた。動悸《どうき》は高度のせいでもあったが、部下たちとはちがってヴォルナーは、自分たちが行こうとしている地域の政治が一触即発の状態で、偵察があっというまに自衛に変わり、交戦規則が自分たちにとって不利になるおそれがあるという現実を、強く意識していた。

30

ウクライナ、ポルタヴァ州セメニーフカ
六月三日、午後十時

それはタラス・クリモーヴィチ少将が待っていた確認だった……その言葉をずっと希《こいねが》っていた。

スッジャ基地の外の森で活動していた欠かすことのできない工作員が、新基地の飛行場に数時間前にＭｉ‐24ＰＮ攻撃ヘリコプターが着陸したことを報告した。サンクトペテルブルクからの情報によれば、アナトーリー・イェルショーフ大将がそれに乗っていた可能性が高い。秘密の情報源ふたりが伝えてきたことをつなぎ合わせると、そう考えられる。ひとりはスッジャの前方観測員、もうひとりはレニングラード海軍工廠《こうしょう》の長期潜入工作員だった。海軍工廠の工作員は、戦争の最初の兆しがあったときに偽造書類でロシアに入国し、溶接工として雇われた。ふたりはおたがいのことを知らないが、クリモーヴィチはふたりを知っていた。

プーチンがイェルショーフを派遣するのではないかというクリモーヴィチの推理が、ふたりの報告によって裏付けられた。イェルショーフは老獪《ろうかい》な戦車部隊指揮官なので、前任のノヴィコフ将軍が失った名誉を確実に回復するには、当然の人選だった。ノヴィコフの名声と軍歴を叩き潰したのは、〝狐〟ことクリモーヴィチ本人だった。

というよりは、ノヴィコフが自滅するよう仕向けたのだと、クリモーヴィチは思った。自尊心が破滅をもたらした。勲章をふんだんに付けたノヴィコフの胸は、自尊心ではちきれんばかりだったのだ。

それにプーチン――現代のロシア皇帝も、単純でなにをやるか見え透いている。プーチンはけっして複雑なことはやらない。直線的な思考以外の能力がない。何事でもまっすぐ突き破ろうとする。

プーチンは、自分の代理であるイェルショーフにも、それをやらせようとするはずだ。そのふたりの組み合わせは、申し分なく用意した餌《えさ》に食いつくにちがいない。

もう夜も更けて、月もなく、あたりは暗かった。移動する時間だ。クリモーヴィチは、口髭をしごき、クロゼットの等身大の鏡で自分の外見をたしかめた。虚飾ではない。だが、見かけは重要だし、きちんとプレスされた軍服を着ているとわかり、満足した。軍服を着て外出するのは、数カ月ぶりだった。これまでは衛星、ドローン、裏切り者――クレムリンがウクライナ国内に残留させている資産――に発見されないように用心していた。いまはもう隠れている理由がない。ある時点で――そのときがすぐに訪れる――〝狐〟がここにいる……目と鼻の先にいることを、イェルショーフが知るように仕向ける。

イェルショーフは餌に食いつくと、クリモーヴィチは確信していた。ああいう人間は、餌に食いつかずにはいられない。

計画でクリモーヴィチが占める役割は単純だった。機甲師団の指揮官に復帰する。ウクライナ政府のいかなる一覧や組織図にも載っておらず、国防省の忠実な高官数人しか知らない部隊だった。基地はウクライナ東部のスロボジャーンシチナ地域（ウクライナの歴史的地名。現在のロシアにまたがる地域で、ウクライナに属する部分の現在の名称はハルキウ州）のハルキウにある――ロシアとの国境から三〇キロメートルしか離れていない。そこは工場跡で、廃棄されたことになっている四百両以上の戦車の墓場に見せかけてある。ロシアの監視の目には屑鉄《くずてつ》置場に見えるように、念入りに細工されていた。

だが、そこは戦車の墓場ではなかった。一年以上前から、夜の闇にまぎれ、工場の壁とかなり丈の高い叢《くさむら》に隠れて、ひそかに車両整備が行なわれていた。弾薬や補給品が、厳重に要塞化された敷地内に運ばれ、二十四時間態勢で休みなく見えないパトロールとカメラで監視されていた。

クリモーヴィチがそこへ行き、以前の戦車乗員がやってくれば――休暇をとり、退役し、少数は現在の職務から無断で離脱して、集まれば――死んだはずの部隊が蘇《よみがえ》る。そして、活発に動き出す。昔の戦争の亡霊のように、油断しているロシアの国境に向けて進軍する。

廃棄されたと思われていた戦車多数が移動しているのを見たら、ロシア政府は驚愕《きょうがく》するはずだ。朝までには、ウクライナ領内の機動演習を〝狐〟が指揮しているという情報が流されるだろう。

そのあとは、イェルショーフの出かたしだいだ。イェルショーフが動けば、クリモーヴィチは速度を落とす。動かなければ、ウクライナ領内の東部辺縁をクリモーヴィチが頑強に支配する。〝狐〟の牙《きば》が自分の喉《のど》に食い込んだとプーチンが感じたとき、選択肢は三つある。一、なにもしない。それはありえないだろう。二、空軍力を使う。しかし、ロシア軍機が国境を越えるのには制約がある――二〇一六年にブルガリアに対してその挑発的な行為に踏み切ったとき、国際社会に非難されている。それに、地上から攻撃されるおそれもある。三つ、ロシアの戦車部隊を出動させ、国境の反対側で防御線を築く。

プーチンは、三つ目の選択肢をとり、戦車を投入するしかない。

そして、イェルショーフが基地から出てきたとき、クリモーヴィチの別動隊が基地に侵入する。七人編成のそのチームは、イェルショーフ、プーチン、スッジャ基地の兵員に気づかれずにはいり込む……そして、万事が計画どおり進めば、出ていくときも気づかれないはずだ。

クリモーヴィチは、一階におりて、待っていた警察の車両に乗った――以前の副官が運転している――ふたりは抱擁《ほうよう》し、数十年のあいだ抑圧されてきたウクライナ人の怒りをかきたてるためにクリモーヴィチが組み立てた任務を開始すべく出発した。

31

ウクライナ、スームィ
六月四日、午前零時三十五分

　ウクライナ北東部のその鉄道駅は、キエフ旅客駅の壮麗な建築とはまったく対照的だった。まさに正反対の造りだった。長方形の細長い三階建てで、砂岩の基礎にコンクリートブロックを積みあげたような感じだった。唯一のとりえは窓が大きいことで、晴れていれば駅舎内には陽射しがあふれるにちがいない。

　例によって列車は遅れたが、差支えはなかった。ロマネンコ少佐とそのチームは、六月らしい涼しい夜のなかへ出ていって、何人かに分かれ、べつの道順で、南にある高級ホテルのユビレイナヤに向けて、短い距離を歩いた。ロマネンコと部下六人がすべて一階にある四部屋を予約していた。それぞれが作り話を用意していたが、ホテルのスタッフはなにもきかなかった。

「祖父《じい》ちゃんがいってた、第二次世界大戦中のモロッコや中立国のホテルみたいですね」いっしょに使うスイートにはいると、トカーチがいった。「持ち主がしょっちゅう代わり、あらたな征服者の命令どおりやれるようにする」

それから二時間ほど、チームの面々はシャワーを浴び、ルームサービスを頼んだ。そのあいだにロマネンコとトカーチは、何時間か前に部屋に届けられていたバックパックとダッフルバッグの中身を確認した。〝クリミア地質調査団〟と記されていた。現場で長年使われていたような感じに、ロゴもバッグもすり減っていた。

ダッフルバッグひとつに、フォルト・14セミオートマティック・ピストル一挺《ちょう》、小型のフォルト‐221アサルト・ライフル一挺、RGD‐5手榴弾《てりゅうだん》六発、ケヴラーの抗弾ベストがはいっていた。ロシア製の手榴弾は、ロシア軍が残していった小規模な武器庫にあったものだった。バックパックには予備の弾薬がはいっている。ほかのバッグよりも大きいひとつのバッグには、新型のUAG‐40自動擲弾銃《てきだんじゅう》が収められていた。小型で格好がいい傑作兵器で、折り畳《たた》み式台座に取り付けられる。ロマネンコは一歩さがって、艶消しチャコールグレーの銃身に見とれた。ロング・バラックスを破壊してから初めての笑みが浮かんだ。

バッグを届けた人物が、三時四十五分に現われた。その前に全員が、廊下が静かでだれもいないことを確認してから、ロマネンコのスイートに集合するよう命じられていた。その男が来たとき、チームの六人はコーヒーを飲んでいた。

身長一八三センチの堂々とした風采《ふうさい》の男だった。ワークブーツのせいで、さらに数センチ高くなっていた。肩幅が広く、肉体労働者のような服装だったが、特徴のある黒いベレーをかぶっていた――タラス・クリモーヴィチ少将に対する忠誠の証として。

二年二カ月前、その男――当時五十七歳だったウクライナ軍参謀総長ベレゾフスキー海軍大将――は、わが身を犠牲にして、クリミアの親ロシア運動に同調すると公に誓った。ウクライナ大統領ヴィクトル・ヤヌコーヴィチは、即刻ベレゾフスキーを解任した。その離叛が偽りで、ベレゾフスキーが情報収集のために辞任したことを知っていたのは、大統領と政府高官数人だけだった。

ニューヨークにいた諜報員のペトレンコとリトヴィンが殺されたため、ベレゾフスキーはロシアのスッジャ基地付近へ行って情報を集め、クリモーヴィチ少将に報告しなければならなくなった。ベレゾフスキーはさらに、ウクライナ領内のユビレイナヤ・ホテルに近い森に、ある装備を隠した。ロシアに目にもの見せるためのものを。

ロマネンコとチームの面々は、元提督に敬礼した。敬意を表されたベレゾフスキーの目には、光るものがあった。ほんとうにつらい二十六カ月だった。ウクライナに住む家族は、嘲笑《ちょうしょう》を浴び、屈辱を味わった。だが、刑務所に入れられていたような心地を味わっていたその歳月が、ようやく終わろうとしていた。

「タラス・クリモーヴィチ少将が、ロマネンコ少佐とチームによろしくといっていた」ベレゾフスキーは答礼しながらいった。

「たいへん光栄です」ロマネンコが答えた。

ベレゾフスキーは、半開きになっていた寝室のドアから覗き、自分が届けた装備がひとり分ずつまとめられ、真っ赤なベッドカバーの上にきちんと並べてあるのを見た。そこにないものは、数カ月かけて週末の休みに運び、野外に配置してある武器弾薬だけだった——チームが森を抜けてそれを運ぶのは困難だからだ。

「少将はとどこおりなく無事にハルキウに到着した」ベレゾフスキーは、ロマネンコたちに告げた。「工場跡で、準備を完了させ、二十一時間後には全部隊が東に進軍する」一瞬の間を置き、そこにいる全員の目を覗き込んだ。「われわれの国に、このような瞬間はいまだかつてなかった——いかなる国の歴史にもなかった。軍隊が蘇生し、それとともに国民の精神が蘇る。しかも、きみたち六人がこの任務の中核なのだ。なにが起きようとも、ロシア軍が南で注意をそらされ、混乱しているあいだに、きみたちのスッジャ襲撃は、敵の心臓にナイフを突き立てるだろう。

それに、もうひとつ喜ばしい報せがある――わたしはスッジャから戻ってきたばかりだが――新司令官が到着してからも、周辺防御に変化はない」ベレゾフスキーはつづけた。「機甲部隊をおびき出すことができ、きみたちが訓練動画どおりにやれば――あれをなんと呼んでいるのか、わたしは知らないが――侵入するのは難しくないはずだ」

ロマネンコたちは黙っていた。このために訓練を重ねてきた――動きは体が憶えている。ガリーナ・ペトレンコとフェディール・リトヴィンが情報を得るのに失敗したことで、不明な部分があり、不意を打たれるかもしれないが、それも乗り越えられるはずだ。決意は固いし、闇を利し、チームワークと大胆不敵な計画で敵の意表を突くことができる。

そしていま、重大な瞬間だということと、行動発起時刻《Hアワー》が近づいていることを、彼らは意識していた。攻撃が開始されたとたんにロシア軍は、基地の防御を弱めるための牽制に騙されたことに気づくだろう。その瞬間、モスクワは、リークされたヴァーチャル・リアリティの動画で攻撃計画があらかじめ公表されていたにもかかわらず、単純に結びつけていなかったと悟る。ロシアの軍と情報機関は、世界中の笑いものになり、何人もの首が飛んで、クレムリンは激しく動揺する。

そのあと、うまくいけば、ウクライナ政府の反ロシア派が、決定的な行動を起こすことに国民の支援を得るはずだ。政府を穏健派の手から取り戻し、クリミアをロシアから取り戻す時機だ。

ロマネンコは、ベレゾフスキーが配置した武器弾薬がある鬱蒼《うっそう》とした森二カ所の地図を見せられた。ロマネンコが位置を記憶すると、地図は燃やされた。そこでベレゾフスキーが、乾杯のために用意してあったウォトカを取り出した。

「大義に乾杯」ベレゾフスキーがそれだけいい、ふたりがグラスを掲げ、もうひとりがキャップから飲み、あとは瓶をまわして飲んだ。

ひとしきり抱き合い、そのあとでベレゾフスキーが、休みは午前十時までなので、急いでアゾフ海の司令部に戻らなければならないといった。だが、戸口で立ちどまり、ライトスタンドの時計を見た。

「二十四時間以内に、きみたちは歴史を創る。きみたちみんなと会ったことを誇りに思う」ベレゾフスキーはいった。

そして出ていき、ドアがカチリという音をたてて閉まった。ロマネンコを除く六人はウォトカを飲み、それぞれの思いを胸に立っていた――だが、それは一瞬だった。

ロマネンコがふりむいて、時計を見た。

「四時一分だ」ロマネンコは告げた。「カウントダウンは開始された」

32

ワシントンDC
六月三日、午後七時七分

「あんた、どうしてその仕事をやってるんだ、マット?」

ブライアン・ドーソンのマット・ベリーに向けた質問は、答を求めていなかったが、それでもベリーは答えた。

「好きだからだ」

ふたりはコネティカット・アヴェニューNWにある〈ヌーカリー〉の狭いボックス席で向き合っていた。差別的な表現にきわめて敏感な首都で、シングルバーにこういう意味深長な店名をつけるのは爽快《そうかい》な感じだった（nookery は居心地のいい奥まった場所という程度の意味だが、nookie はセックスを意味するし、nook は「pussy」、-ery は「〜する場所」のこと）。開店前に、かなり注目が集まった——「タブレットのプラグを差して読書するところよ」と、店主のヘザー・ジャックスは主張した――そして、流行を追う若い客で、初日から満席になった。ドーソンもベリーもそういう人間ではないが、ベリーのいとこのヘザーが経営者なので、いつでもテーブルを確保できる。

ベリーは、オプ・センターを出る前に、トレヴァー・ハワードに説明していた。ウィリアムズとチームが計画を再検討し、マイク・ヴォルナーが提案したように変更することを承認した。アンがトルコで必要になる手配の最終確認を行なった。ロシアが支配している地域の奥で上陸するという計画が、ハムザチェビは気に入らないようだったが、報酬を五千ドル上積みすることでその不安をなだめた。

ハワードもハムザチェビとおなじ懸念を口にしたが、ベリーはそれを予測していた。ベリーが〝光〟というと、ハワードは〝闇〟というのがいつもの伝《でん》だった。オプ・センターの立場がよくわかるように、電話はスピーカーホンにしてあった。ハワードは、ありとあらゆる危険な要素を拾い集めて大統領に報告した。これが裏目に出たときには、チェイス・ウィリアムズがすべての責任をかぶることになるはずだった。

ウィリアムズはなにも心配していないようだったので、全員が帰宅した。

ドーソンは、ウィスコンシン・サラダをつついた。野菜がほんのすこし乗っているだけで、あとはほとんどチーズだった。「おれにはまだわからない」ドーソンはいった。「もしもっていう言葉が、頭のなかにいっぱいあって、考えずにはいられない。もしロシア軍がウクライナ領内で攻撃したら？　もしウクライナ軍がロシア領内で攻撃したら？　ウクライナがおれたちのチームを攻撃したら？　ロシアが攻撃してきたら？　チームがプーチンの部隊に捕らえられたら？　おれたちのチームが発砲して、ロシア兵を殺したら？」

「それでぜんぶか？　もうわたしたちにはどうにもできないんだ、ブライアン」ベリーはいった。「機械は動いている」

「そうだな」ドーソンはいった。「そして、まわってる歯車のひとつひとつに、おれのイニシャルが刻まれてる。歯車がうまく嚙み合わさるかどうかが、ひとの命を左右する」

「きみはきのう、いまぐらいの時間にひとりの命を救った。よかったとは思わないのか？」

「思うべきだろうが、きのうのことだ。おれはあしたのことが心配なんだ」

「わかるが、プロが現場に行っている。彼らがボールを持っている」ベリーはいった。

「もう彼らしだいだ」

ドーソンは首をふった。「そんなふうに割り切れない。あんたは離婚専門の弁護士だったときに、そうするのを身につけたんだろう。それはわかる。でも、第5特殊部隊群にいたとき、おれが最前線に立つAチームではなくBチームのリーダーだったのには理由がある。行けという命令はほかのだれかが出した。おれはいつも決断するのに時間がかかった」

「カロライナのことみたいに？」ベリーがきいた。

「きょう彼女と会ったことをいったかな？」

「いわなくてもわかる。顔に書いてある」

「ああ、そうか。おれはそれも意識から消すことができなかったんだな」

ふたりはしばし黙って食事をした。

「わたしの場合、ただ割り切るだけではなかったんだ」ベリーはいった。「自分の弁護士事務所があったときですら、プラス面を見つけようとした」

「プラス面？　情緒不安に？」

「離婚だからね、ブライアン。かならずだれかが傷つく。わたしはそれを制御された墜落（空母への着艦をこう呼ぶ）にしようとしたんだ。弁護士であると同時に精神科医や懺悔《ざんげ》を聞く司祭にもなった。おもしろい仕事だったよ。あの歌、なんという題名だったかな――人生を両側から見ると」

「ジョニ・ミッチェルの『青春の光と影《ボス・サイズ・ナウ》』だ」ドーソンがいった。

「そうだ。あるときは男の立場になり、つぎは女の立場になる。一度、ある閣僚の子供たちの立場になったこともあった。それがきっかけで、いまの仕事に就いた。万華鏡を見ているようだった。ゲイの離婚を扱えなかったのは残念だ」

「どうして？」ドーソンはきいた。

「第一世代、歴史が創られる」

ドーソンは、〈バド・ライト〉をひと口飲んだ。「おれはそれだったのかな、マット？」

「なにがいいたいんだ？」

「万華鏡だよ。毎週、サイケデリックなものを見てた」

「いや――毎日だ。思い出して見ろよ」ベリーが、フリトーパイを横からほおばりながらいった。

「この野郎」

「ひどいときには、一日に二度だ」ベリーは指摘した。

ドーソンが嫌な顔をした。「ひどい時期だったんだ――」

「過去の話だ。終わってから二年近くたつのに、きみはまだ機嫌の悪い顔をしている。

消えてなくなったことなのに」

「どうにもできないんだ」ドーソンはいった。「おれと暮らしてたときよりも、あのオーストラリア人の牧場経営者といるほうが彼女は楽しいっていうことを、乗り越えられない」

「前にもいったけど、何度もくりかえしていうよ」ベリーはいった。「かさぶたをめくっていたら、傷はいつまでも治らない。とにかく、奥さんを失ったとは思わないことだ」

満面に笑みを浮かべた。「友だちができたんだぞ」

ドーソンが、渋い顔をした。「スカッシュの相手に、身長が一九三センチであんたみたいな体格のやつが必要だっただけだ」

「傷つくなあ」ベリーが、間延びした声でいった。

ドーソンは、すりおろしたチーズをなおもフォークですくった。「おれがいいたかったのは、おれが結婚してたとき、あんたはあの仕事が好きだったし、いまの仕事も好きだということなんだ。あんたは対決を糧に生きてるのかもしれない――悪く思わないでくれ――つまり、他人の利害が懸かってるときに。夫婦とか、チェイス・ウィリアムズとか――」

「ありうる」ベリーは正直に答えた。「ローレル・パークの競馬を見にいくのも好きだ。賭けはしないが。きみはこれにのめり込み過ぎているんじゃないか」

ドーソンは、一本指をまわす仕草をした。「命が懸かってるという話に戻ろう。考えてみれば、どういうとき、おれが幸せだったかわかるか？　ティーンエイジャーのころ、ファストフードの店でハンバーガーをひっくりかえしていたときだよ。ときどき横に行って、油にフレンチフライを落としてから、またグリルに戻る。仕事——終わり。仕事——終わり。油のにおいのほかは、なにも残らない」

「そうかな？　またハンバーガーを焼けばいい。すばらしい新世界だ、ブライアン。最高の保全適格性認定資格《セキュリティ・クリアランス》を持つ男がストロベリーシェイクをこしらえ、大学も出ていない若者が、きみが飲み物を置いたテーブルでＦＢＩをハッキングする」

ドーソンはサラダを食べ終えて、ビールをゆっくり飲んだ。注文がないかどうかたしかめるために、ヘザーが来た。

「いいんだ、姉さん」ベリーがいった。「ブライアンはちょっと思い出にふけっているだけだ」

「それじゃ、デザートを注文するか、バーで思い出にふけって」ヘザーがいった。

「ルイスにチップをあげないと」

「勘定してもらうよ。ありがとう」ベリーはいった。「八時からカンフーの稽古《けいこ》なんだ」

ドーソンは、離れていくヘザーのほうをにこにこしながら見た。人妻なのが残念だった。またべつの女の暮らしを台無しにできたかもしれないのに。ドーソンは、テーブルの向かいに目を戻した。

「あんたの行動力には感心するよ、マット」ドーソンはいった。「おれは家に帰って、テレビで野球を見るだけだ」

「それも悪くない」ベリーがいった。「楽しければそれでいい」

「そうだな」ドーソンはいった。「それがおれには欠けてるんだ」

ベリーは、ドーソンの顔をじっと眺めた。「なにが欠けているのかな？　どうしてそんなに落ち込むのかな？　女のせいだなんていうなよ」

「ちがう」ドーソンはいった。「それは小さな雑音だよ。耳鳴りみたいなものだ」

「それじゃなんだ？　リスクがある任務は、これまでにもあっただろう。これよりもっと危険なものもあったにちがいない」

「たしかに」ドーソンはいった。「しかし、さっきいった歯車、この作戦の可動部分をどう眺めても、たったひとつの結果しか見えてこないんだ」

「どういう結果だ？」

ドーソンはいった。「失敗、敗北」

33

ヴァージニア州スプリングフィールド
フォート・ベルヴォア・ノース
オプ・センター本部
六月三日、午後八時三十三分

チェイス・ウィリアムズの忠告に従わなかったものが、ひとりだけいた。

ウィリアムズとアンは、部下たちにすこし遅れて退勤した。帰りたくなかったのだが、JSOCチームがトルコに到着したころには、元気で頭脳明晰《めいせき》でなければならない。どれくらい睡眠がとれるかわからないし、たとえ本部を離れても、眠ろうとしても眠れないかもしれない。しかし、エアコンと強制換気でひんやりしている地下のオフィスから出て、つねに充満している不安感から遠ざかるだけでも、有益なはずだった。ふたりとも秘密保全をほどこした電話で連絡できる状態だし、短時間で本部に戻れる。以前のポール・フッド長官のやりかただと、スタッフが揃《そろ》っている夜間指揮所があった。いまは監視員がウィリアムズ、アン、その他の幹部に連絡する仕組みになっている。目立たない組織にすると、割り当てられる予算も減る。

だが、ロジャー・マコードは退勤しないことにした。今回の危機ではパズルのピースが数多く欠けているが、適切な場所を探せば見つかるという気がしていた。

「おまえは情報部長なんだぞ」自分にそういい聞かせながら、マコードは国内と国外の資産から集められた情報を綿密に調べた。「死角があってはならないんだ」

ターゲットが行程表の一部を明かしているのだから、なおさらだった。ヴァーチャル・リアリティのゲームで終盤がどうなるかがわかっている。それに、バイオニック・ヒルへの攻撃が関係している可能性もある。

問題は、このチーム――小規模かもしれないが、チームであることはまちがいない――が、所在をだれかに知られる前に、たくみに移動していることだ。しかも、不明の名前、目的地、資材――専門用語でいう〝空白部分〟――がかなり大きい。ヴァーチャル・リアリティの動画が計画全体なのか、それとも入口《アクセスポイント》なのか、わかっていない。第二の部分があるのか？　生物兵器か核物質が関わっているのか？

あるいは、これは愛国者の一団にすぎず、度胸だけで国土回復《レコンキスタ》を扇動しようとしているのか？　前例がいくつもある。レコンキスタはそもそも、十一世紀にスペインの英雄ロドリーゴ・ディアス・デ・ビバール——通称は主《エル・シッド》——のアフリカからの侵略者に対する大胆な行動によって興《おこ》った。ムーア人勢力は、気高い指導者ひとりと鼓舞された住民によって撃退された。それによって、大公でも王でもない騎士が、スペインで英雄になった。

つぎの世紀には、ロシアでこの言葉が使われた。ウラジーミル大公国のアレクサンドル・ネフスキー大公が、争い合っていた公国を団結させ、ドイツ騎士団と戦った。ネフスキーの農民兵は、重武装の騎士団を撃退し、凍結したペイプシ湖で打ち破った。

誇り高く、愛国的で、自信過剰のウクライナ人が、政府上層部にいて、危険を冒すことなく戦力を操るか、武装した精兵一個分隊の指揮官としておなじことをやるのは、不可能ではない。砂にはじめて国境線を引いたアラモの砦《とりで》のウィリアム・バーレット・トラヴィスから、チェイス・ウィリアムズの個人的な英雄、〝わたしはかならず戻る〟と宣言して、それを果たした御しがたいマッカーサー将軍に至るまで。どの世代にも無鉄砲な英雄がいるとマコードは思った。ウクライナには英雄がいないので、その空席を埋める潮時なのかもしれない。

まして、ロシアが冒険的な海外政策と原油・天然ガス価格の低迷を埋め合わせるために、初のソブリンウェルスファンドを使い果たし、ナショナルウェルスファンドに手をつけたことが報じられた時機でもある。後者は予算不足を補うためのものではなく、年金や非常事態のための資金なのだ。その資金をいまの割合で流用すると、二〇一九年末にはロシア連邦の総資産はさまざまな銀行や金融機関に散在する五千億ルーブルだけになる。現在の為替《かわせ》レートで、八百万ドルを下まわる。ルーブルの価値が下がると、ロシア政府は財政破綻《はたん》するだろう。プーチンは瀬戸際外交をやるつもりかもしれないが、国際社会がそれを許さない。破綻したロシア政府は実質的に軍とブラックマーケットに国を譲り渡すことになり、中国との国境地帯のあちこちが不安定になる。そうなる前にクレムリンは当然、クリミア問題で決定的な譲歩をウクライナに押しつけようとするはずだ。

今回の一件を進めている無謀なウクライナ人の一団を見つけられないために、アルマゲドンが全速力で近づいている。マコードはそう思って、いらだった。そのことだけではなく、疲れていることにもいらだった。だが、マコードは、骨をくわえた犬なみに頑固だった。なにかしら見つかるはずだ。

問題の地域の現在の衛星画像を見た。ロシア軍の新基地とウクライナの昔からある森が映っている。

どこかに戦術的に有利な攻め口があるはずだと、マコードは思った。ロシア軍の陸軍基地二カ所のうちの一カ所を目指す場合、スッジャもしくはヴォロネジに西から到達するのに、もっとも好都合なルートがあるにちがいない。それに、セヴァストーポリの海軍基地も、完全に除外することはできない。除外するつもりはなかった。

だが、そういう進撃に適した要路は見つからなかった。ノルマンディー上陸、ハンニバルの戦象《せんぞう》のアルプス越え、トレントンの戦いでヘッセン人傭兵《ようへい》を撃破したジョージ・ワシントンのデラウェア川渡河のように、思いがけない方向から、予期していない時間に、正規軍とは異なる兵器で攻撃が行なわれるのかもしれない。

ひょっとして、ヴァーチャル・リアリティ・プログラムそのものが、注意をほかにそらすための細工で、海軍基地をドローンで襲うつもりかもしれない。

マコードは、腹立たしげに回転椅子にもたれた。国際関係学の博士課程で学んだ歴史には、成功した奇襲攻撃の例がごまんとあった。ファルージャの戦いで中隊長を、ラマーディでは副大隊長を務めたマコードは、そういうことがありうるのを理解していた。だが、歴史では、現況を読み解いたり先を予測したりするのは重要ではない。ことが起きてから脈絡をつかむ学問なのだ。したがって、今後の出来事を予測するには、前例をじゅうぶんに知り、知恵を絞って、その脈絡を想像することが肝心になる。まだそこまでしかこぎつけていない。データの記録分析と予測にすぎない。マコードは不満だった。夜が更けるにつれて嫌になってきた。インテリジェンス・コミュニティにはひとつの原理がある。〝重要な事柄がそこにある。見えていないだけだ〟。

なにを見過ごしていたのか？　ウクライナの英雄たち、裏切者たち、そのあいだのあらゆる人間。残された短い時間、どこに焦点を絞ればいいのか？

どのアルゴリズムもうまくいかなかった。なにも出てこない。ハヴリロ・コヴァルと軍人のつながりも調べた。バイオニック・ヒルの監視カメラの録画から、コヴァルを探した。コヴァルは見つかったが、だれかといっしょではなかった。二〇一四年の2B14ポドノスの配備を検索し、撤退したロシア軍が放置した可能性がある場所を調べた。盗難兵器も突き止めようとしたが、ロシアにはブラックマーケットの兵器がいくらでもある。ロシアの装備のリストができあがっただけだった。

諜報員。ダブルスパイ。

ウクライナ政府は、現場工作員の情報を明らかにしていない。いることはまちがいない。ただ、ＮＡＴＯを信用していないので、情報を共有していないだけだ。ＮＡＴ

Oとアメリカが歩兵用兵器や重火器をもっと公然と供与するまでは、このままだろう。

これの背後に何者かがいると、マコードは思った。何者かが演習を行なっている。これから現地に行くか、あるいはすでに現地入りしている。バンコールとヴォルナーは、それを突き止めるために派遣された。情報部長として、せめて方向性くらい示すべきなのだ！

マコードは、自分の最初の推理に立ち返った。バイオニック・ヒル攻撃は、そこで行なっていた演習を隠蔽《いんぺい》し、証拠を消すとともに、ウクライナ国民の激情を煽るのが目的だった。チームがそこで演習を行なっているのをロシアが知っていれば、攻撃したかもしれない——だが、もしそうなら、火災を起こして逃げ道をふさぐだろう。それに、すでに暗殺を行なっているのだから、そういう手段もありうる。バイオニック・ヒルはキャンパスなのだ。だれでも出入りできる。

ロシアという線を消去すると、ウクライナが残る。問題は、どのウクライナ人かということだ。

その連中はすでに現地入りしていると、マコードは判断した。これをやったのはその連中だろうか？

捜査が終了するまで、身を隠している可能性もある。しかし、それにはわずかなりともリスクがある。捕まるかもしれないし、交通の拠点が閉鎖されるかもしれない。その連中は、壁を吹っ飛ばしたあと、ただちにターゲット地域に向かったはずだ。訓練が身についているあいだに。

ひとりがそうしたかもしれない。彼が捕らえられた場合に備えて、あとのものは先行したかもしれない。

道理にかなっている。特殊部隊はそういうふうに展開する。演習はやらないが、一週間の休暇をとり、先行して、リスクの大きいターゲットを攻撃する。出発するのはほとんど同時だ。

スッジャがターゲットだとして、彼らはどうやって移動するだろうか？　マコードは考えた。

航空機からの降下はありえない。ロシア軍が監視しているだろうし、容易に探知される。車数台に分乗して陸路で行く？　可能性は高い。列車？　それも考えられる。訓練で使った兵器に慣れているから、それを使うはずだ。問題は、携行するか、それとも先に送っておくかということだ。先に送っておけば、隠した兵器が見つかったときに、作戦を中止できる。携行すれば、見つかったときには戦わざるをえない。

車を使うときの欠点は、フロントシートに乗っている人間がすべて監視カメラに映ってしまうことだ。それに、監視カメラには夜間にも使用されるので、赤外線機能がある。親ロシアの政治家、軍人、ジャーナリストを監視できるように、アメリカはウクライナにそういうカメラと顔認証ソフトウェアを提供している。それは鶏小屋《チキン》の金網《ネット》と呼ばれ——ウクライナ政府高官は敵に綽名をつけるのが好きだ（chickenには弱虫という意味がある）——問題を引き起こしそうな人間がおおぜい逮捕されている。アメリカならアメリカ自由人権協会《ACLU》によって保護されるところだが、ウクライナでは人権はそれほど考慮されていない。

列車とバスを使えば、監視カメラから護られる。駅で姿を見られるだけだ。

調べなければならない駅は数百カ所——。

マコードは、不意に体を起こした。

そんなにないかもしれない。

アーロンの部下にハッキングでキエフの列車とバスのEチケットを調べるよう指示しても、なにも見つからない可能性が高い。用心深い工作員なら、駅へ行き、現金で前もって乗車券を買うはずだ。それに、外部の人間は信用しないだろう。内情を知る人間、信頼できる人間がそれをやる。彼らのひとりが。

どこかの時点で、全員揃って駅へ行ったかもしれないと、マコードは思った。ひとりか複数が数時間前に駅へ行き、ぶらついている口実をこしらえるために、乗るつもりのなかった列車に乗り遅れたふりをして、警官や兵士などの危険要因に目を光らせるかもしれない。彼らがべつべつに目的地に行くとは、考えられない。携帯電話で連絡をとるのは危険が大きいし、計画に変更があった場合のために、すぐに接触できるようにしておく必要がある。

だが、彼らが隠蔽できないことが、ひとつだけある。

監視カメラに捉えられるのを避けるためには、監視カメラがどこにあるかをあらかじめ知っていなければならない。だれかがどこかの時点――数日前、もしくは数週間前に、駅へ行って、それを調べたはずだ。しかし、カメラを見つけるために、そのだれかは一台もしくは複数のカメラに捉えられたにちがいない。それに、キエフからの長い列車の旅の途中で、おなじ人物が車両の外に出てのびをしたかもしれない。それに、駅でおりたときも姿を現わす。目的地へ行くまで監視カメラをすべて避けるのは不可能だろう。

マコードは、キエフのウクライナ国家警察で深夜直についていた情報源に連絡した。エレナ・レヴァはコンピューター専門家で、二〇一四年以降、CIAから週に百ドルの報酬を受けていている。オプ・センターはそれに五十ドル足していた。エレナは戦争では中立だが、金銭的にはそうではなかった。

マコードは、問題の路線の監視カメラの録画と現在の画像にアクセスする日ごとのコードをエレナから聞き出した。

自分で画像を見る必要はなかった。オプ・センターの高度なデジタル分析装置にかけて、何度もくりかえし現われる顔を探した。予想どおりの人間がいた。機関士、車《しゃ》掌《しょう》、キエフで一、二時間の枠内に乗り降りする通勤客。キエフに数日いた観光客もいた。

だが、ひとりだけ目につく男がいた。荷物も新聞や雑誌のような読み物も持たず、一時間弱歩きまわっていたので、駅を下見しているのは明らかだった。おなじ人物——八〇パーセント近い確率だった——が、きょう、路線のもっとも東寄りのスームィという駅で姿を現わした。

マコードはエレナに連絡して、スームィの街中にある監視カメラの画像にアクセスするコードを教わった。多少、交渉しなければならなかった。だが、二百ドルの報酬で知ることができた。これが彼女の祖国の安全保障に関わっていることは、説明しなかった。マコードの頭には、オプ・センターのチームのことしかなかった。

徒歩で移動しているおなじ人物が見つかった。かなり大きなダッフルバッグを持ち、ひと気のない真夜中の通りを歩いている。何者なのか、どこへ向かっているのかは、見当もつかなかった。目的地よりも正体のほうが重要だ。

興奮しながら、マコードはオプ・センターが先刻アクセスしたものを調べた。ダウンロードし、保存してある。バイオニック・ヒルの監視カメラの画像。

そこにもおなじ男がいた。数週間前に正面ゲートからはいっている。身許を識別できるような画像ではなかったが、そこで準備されていたなんらかの作戦に関わっていたことはまちがいない。

スームィ駅を出たときと、街を歩いているときの識別にまちがいがなければ、国境にきわめて近いところで作戦がすでに開始されている。

マコードは、その人物が何者で、いつ行動するのかを突き止めようとした。海軍情報部のブルース・ペリー三世――旧い友人で、海兵隊時代の同僚――が、ついに身許を突き止めた。

マコードは、すぐさまウィリアムズに連絡し、これがオプ・センターと現地のチームにとってよくない報せだということをつけくわえた。

だが、マコードの考えでは、それを回避する方法はなかった。しかも、ヴォルナーとそのチームがより大きなリスクをとることになるだけではなく、国境地帯に及ぶ危険がいっそう増大した。

34

ウクライナ、ハルキウ
六月四日、午前三時四十五分

ハヴリロ・コヴァルは、呆然《ぼうぜん》としていた。

この出来事に至る道のりは、この場所への道のりよりもはるかに長かったが、コヴァルにはこのほうが果てしなく長く思えた。イヴァン・グリンコが運転するバンの助手席に乗っていたコヴァルは、ロマネンコかチームのだれかに連絡したかった。だが、それは禁じられていた。ロング・バラックス攻撃を演出したあと、携帯電話やモバイル機器は傍受されて、位置を探知されるおそれがあった。グリンコはときどきｉＰｏｄでニュースを見たが、伝えるようなことはなにもなかった。

ふたりが乗っている車は、遠まわりしてのろのろと東に向かっていた。どこへ行くのかをグリンコは明かそうとしなかった。だれにもいうなと命じられていて、「同乗している人間もそこに含まれている」と指摘した。

「もうじきわかるのに？」コヴァルはそのときに文句をいった。

グリンコは肩をすくめた。「ほかの仕事をやるのに信頼できるかどうか、試されてるのかもしれない」

グリンコのいうことには一理あった。グリンコとチームのリーダーとの関係を、コヴァルは知らない。

幹線道路、脇道、田舎道が、延々とつづいた。自分の知らない地方の仲間が待ち伏せしているのではないかと、コヴァルは心配になった。知っているのは、クリミアに近いどこかに作戦指揮所があり、そこに連れていかれるということだけだった。構築済みのシステムで人員がデータをやりとりできるようにするのが、コヴァルの役目だった――ロマネンコは、〝闇のなかで、われわれが信頼できるテクノロジー専門家のみによって組み立てられた〟といういいかたをした。

目的地のハルキウに近づいたときには、午前二時を過ぎていた。ハルキウはウクライナ第二の都市で、現代的な街だった。コヴァルは数年前に一度、コンピューター関係のコンベンションに出席するために来たことがあった。ハルキウは、ウクライナの電子、宇宙航空、原子力研究の中心で、成功しているITスタートアップ企業が何社もある。だれが通信システムを構築したにせよ、かなりきちんとした仕事がなされているはずだと、コヴァルは意を強くした。

Uホールのバンは、ソ連崩壊後も順調に発展をつづけた旧ソ連時代の工業団地を通り抜けた。着いたところは、かつて戦車を製造していた場所で、いまは荒れ果てていた。暗く、雑草が生い茂り、高い金網のフェンスに囲まれていた。

あいていたサイドウィンドウから、コヴァルはにおいを嗅《か》いだ。工場の換気装置から流れてくるようだった。

「におう——電子機器が燃えているみたいだ」コヴァルはいった。

グリンコが肩をすくめ、にやりと笑ったが、なにもいわなかった。ヘッドライトを消し、南京錠《ナンキンじょう》で閉ざされたメインゲートにバンを近づけた。そこでじっと待っていると、数分後にだれかが来て、バンを通した。その若い男がグリーンの濃淡の迷彩服を着ているのを、暗いなかでコヴァルは見分けた。ウクライナ軍機甲部隊の戦闘服だ。右の胸ポケットに名前の刺繡《ししゅう》があり、左右の二の腕の伝統的な徽章にくわえて、狐の頭部を象《かたど》った大きな金属製のバッジが左のラペルにあった。

「ああ、そうだったのか」コヴァルはそのとたんに気づいた。廃棄された戦車の列のほうをふりかえった。「いや、驚いた」

バンを敷地に入れながら、グリンコが腹の底から笑い声をあげた。

うしろでゲートが閉ざされ、グリンコが待っていると、くだんの兵士が工場とその横の荒れ果てた暗い管理棟とのあいだに行くよう指示した。バンが進むと、タイヤの下で砂利《じゃり》と金属片がぎしぎし音をたて、そのたびにグリンコが顔をしかめた。のろのろと数分のあいだ進むと、古い城の見張り櫓《やぐら》を思わせる監視塔があり、弓ではなくライフルのための銃眼《じゅうがん》があった。その下の車庫のドアがあいていた。

グリンコが、場ちがいな感じの警察車両の横にバンをとめ、エンジンを切って、そのまま座っていた。

「ほんとうにこのまま待っていたほうがいいんだろうね？」コヴァルがきいた。

「そうしろといわれている」グリンコが答えた。

数分が過ぎて、奥のドアがあき、白い光が台形にのびてきて、数台の車とコンクリートの床が照らし出された。

「行くぞ」グリンコがいって、バンのドアをあけ、進んでいった。長時間の運転で座りっぱなしだったわりには、きびきびした動きだった。

コヴァルは、逆光でシルエットになっている人影を見分けようとしながら、グリンコのそばに行った。ほどなく有名な口髭の端が目に留まった。やがてその男がうしろにさがってふたりを通し、顔が天井の電球に照らされた。まちがいないと、コヴァルは思った。

三年前、タラス・クリモーヴィチ少将のことが、ウクライナ西部のあらゆるニュースで報じられた。クリモーヴィチは、すべての人間に尊敬され、ウクライナ人に愛され、ロシアのシンパに憎悪された。ロシアの誇る戦車部隊を打ち負かし、大潰走《だいかいそう》に陥らせたからだ……だが、そのあとで姿を消した。

「わたしがだれだか、わかるか」グリーンに塗られたコンクリートの階段に向かいながら、クリモーヴィチがいった。

「はい、将軍！」コヴァルはほとんど有頂天になっていた。「どこに――これまでどこにいらしたのですか？」

「この日のために計画を練っていた」クリモーヴィチが答えた。足をとめ、グリンコの顔をしげしげと見た。「イヴァン、先に行ってくれないか――キッチンで食べ物をこしらえたらどうだ？」

「かしこまりました、少将！」

「ありがとう、旧い友よ」グリンコが足早に奥へ進むと、クリモーヴィチはいった。

「いい男だ。彼の亡くなった息子は、わたしの部下だった」

「そうですか」コヴァルはいった。

「どこにいたかときいたな」クリモーヴィチはいった。「セメニーフカにいて、伝書使を使い、この作戦を進めていた」豊かな口髭の下の口をゆがめて笑った。「それと、夜間に最小限の人数で戦車を改良した。時間と根気がかなり必要だった。きみの仕事は、そのプロセスのあとのほうで加わったのだ――最後の企てではあったが、この野心的な寄せ集めの作業にあって、必要不可欠なものだった」

「将軍がこれまでおっしゃったことから――国境の向こうのロシア軍部隊を二方向から急襲するのではないかと思っているのですが」

「かならずしもそうとはいえない」クリモーヴィチは、踊り場で足をとめて、コヴァルをじっと見た。「わたしは軍事パレードを予定している。国境まで進軍するが、越えはしない。ロシア軍機甲部隊を基地から誘い出すためだ」

「それで戦車なしにしたのか」コヴァルは思い出した。

「なんだって?」

「ヴァーチャル・リアリティ・プログラムで演習を行なったとき、最後の演習で少佐が戦車を除外させたんです」コヴァルはいった。

「スッジャで戦車が危険因子にならないことを、われわれは願っている」クリモーヴィチはいった。「ロシア国防相は、アナトーリー・イェルショーフ大将を司令官として基地に配属させたと、われわれは確信している。イェルショーフは機甲部隊の指揮が専門だ。交戦したいと考えるだろう。すくなくとも、〝偉大な〟狐、自分が愛する機甲部隊を叩きのめした人間がなにをやろうとしているのか、見届けたいはずだ」

クリモーヴィチは、皮肉をこめてそういい、自分を偉大だとは思っていないことを示した……だが、その評判を餌に使うつもりだった。

「戦車がいなければ」コヴァルはいった。「少佐のチームは、基地に侵入して甚大な被害をあたえることができる」

「甚大で屈辱的な被害だ」クリモーヴィチは目的をはっきりさせるためにいった。「プーチンの国際社会における地位が危うくなるような打撃をあたえる。プーチンがふたたび戦争に踏み切ったら、ロシアは財政破綻する。プーチンが交渉する道を選べば、われわれは国土を取り戻すことができる」

コヴァルは、胸がふくらみ、鼓動が速くなっているのに気づいた。「このイェルショーフという将軍が攻撃を仕掛けてきたときは？」

クリモーヴィチが、コンピューター科学者のコヴァルの肩に片腕をまわした。「わたしも機甲部隊指揮官だし、戦車の隊列がある。われわれはイェルショーフを徹底的に叩きのめす」

「将軍は……進撃するつもりですか？」コヴァルはきいた。「進軍するのですか？」

「軍事パレードだ。クレムリンが毎年メーデーにやっているように」クリモーヴィチが、神秘的ともいえるような口調で答えた。「六月四日午前八時以降は、われわれにとって記念すべき日になる。この日、神秘的な人物、〝狐〟が、あらたな愛国主義を鼓舞する。誇りと解放の日になる。そして、東ではモスクワにとって、毎年のメーデーは恥辱と空威張りの日になる」クリモーヴィチは首をふった。「征服は長つづきしない。暴君はつねに斃《たお》れる」

ふたりはスイングドアを通り、下の旧倉庫を見おろす、ガラス張りの古めかしいオフィス群へ行った。山積みになっている新しい弾薬を暗い表に運ぶ台車が行き来していた。

「軍の仲間の支援で、あれも備蓄しておいた」クリモーヴィチがいった。「ロマネンコ少佐とおなじように、われわれも準備が整う。あとはきみの働きしだいだ」

コヴァルの心臓は早鐘を打っていた――だが、恐怖のせいなのか、それとも誇りと期待のせいなのかはわからなかった。コヴァルは科学者なので、論理的に考え、この企てはすべての面でリスクがきわめて大きいと感じた。だから、自分にはこういう計画は立案できなかった。クリモーヴィチにはそれができた。

ふたりは、建物の周辺に沿った手摺へ向かった。

「もと監視塔だったところに、アップリンクがある」クリモーヴィチが、建物の南側を指差した。「その基部のあそこにいてくれ」金属製のドアを指差した。「すべてがきちんと機能するかどうか、確認してくれないか。夜明け前に出発し、通信しなければならなくなったとき、わたしはロマネンコ少佐と彼のチームとは、直接交信しない。伝えなければならない細かいことは、きみを経由して伝える。ロシア軍が新型の信号情報収集用飛行船で聞き耳を立てている可能性があるので、むろん少佐のチームは無線封止を維持する。だが、タイミングを見計らう必要がある。行動を開始しても安全だということを彼らに知らせるために、われわれの前進の状況を伝えなければならない」

コヴァルは呆然としていたが、興奮のあまり、自分の役割が成功をもたらす確率を計算に入れていなかったと気づいた。全体の計画が頭のなかでまとまると、急に不安にかられた。

「少将」コヴァルはきいた。「どれくらいですか――ロマネンコ少佐とチームが生還する確率は？」

クリモーヴィチがコヴァルを見た。高い鼻の上の目が生き生きとした。「きみが教えられていなかった部分が、この任務にはある。敵に潜入している情報源が関わっているからだ」クリモーヴィチはいった。「しかし、生還する確率は、きみが思っているよりもずっと高いといっておこう」

35

トルコ、サムスン
六月四日、午前四時五十五分

「その仮定は大胆すぎる」マイク・ヴォルナーが電話に向かっていった。声はいつもどおり平静だったが、指揮官として明るい気持ちにはなれなかった。

「わかっているし、一〇〇パーセント同感だ」マコードは答えた。

ヴォルナーは、装備を片方の肩にかついで駐機場に立ち、ロジャー・マコードと話をしていた。民間人の服装をしたチームの面々は、ターミナル前に迎えにくるようアンが手配した貸し切りバスに、すでに乗り込んでいた。アマスィヤ・メルジフォン空港周辺にはだれもおらず、彼らがアメリカの飛行機からおりるところは目撃されていなかった。テロリストがこの便に密告者をまぎれ込ませるのは不可能だが、いまからでも、目撃されたらテロリストにとって貴重な情報になる。ヴォルナーは、早く話を終えてチームに合流したかった。

「しかし、自宅にいる長官と話をして、これが最善の行動方針だと意見が一致したんだ」マコードはたたみかけた。

「それだと、まったく新しい任務になる」ヴォルナーはいった。

「ならない」マコードはいい張った。

「どうしてそう思うんですか?」ヴォルナーはきいた。「偵察して状況を評価する計画だった。いま、その計画を捨てて、輸送手段も捨て、ロシア国境に向かっている〝かもしれない〟チームの一員〝かもしれない〟男を狩ることになる」

「〝狩る〟とはいっていない」マコードは答えた。「〝見つける〟といった。偵察に変わりはない」

「失礼ですが、それは責任逃れの言葉ですよ」ヴォルナーはいい返した。「部長は、即動可能目標《アクショナブル・ターゲット》を指定している。彼らが演習を行なっていた連中で、任務実行に向かっているとしたら、武装している可能性が高い」

「きみがいまいったことは、すべてありうる」マコードは同意した。

「可能性が高い、ですよ」ヴォルナーはいい返した。

「しかし、この男がどこを目指しているにせよ、きみたちの当初の任務範囲を逸脱しなければならないような理由はない。観察して報告しろ。交戦する必要はない」

ヴォルナーは黙り込んだ。問題の地域の地図をスクリーンに出した。

「少佐、わたしたちは適応するしかないんだ」マコードは説いた。「このチームは現在、文字どおり徒歩でスッジャへ行ける場所にいる可能性がある。昼間に移動するとは考えられないし、監視カメラの映像ではまだ出発していないようだ。つまり、きみたちには準備する時間がある。こっちももっと調べられる」

「規則は、ロジャー?」

「前とおなじだ」

「交戦規則ですよ」ヴォルナーは強調した。「この男もしくはチームが、作戦モードだったら、これがヴァーチャルの世界で訓練していたとおりの攻撃だったら、われわれは報告するだけで、急襲が開始されるのをそのままにしておくんですか?」

マコードは黙り込んだ。

「ロジャー?」

「これがきみたちの任務だ」情報部長のマコードは、慎重にいった。「なにが賭けられているか、知っているだろう。きみが決めてくれ」

「冗談じゃない！」ヴォルナーが、ついに癇癪《かんしゃく》を起こしていった。「責任をおれにかぶせて、自分は責任逃れですか。おれが現場にいて、ウクライナ人――同盟国の人間――を撃てと命じたら、狼《おおかみ》の群れに投げ込まれるのはおれですよ」

「そうなった場合に備えて、キエフとモスクワの両方に連絡する準備をしておく」マコードはいった。「これが公に認可された作戦だということを示す証拠はない」

「だとすると、銃撃戦が起きたら、おれたちは殺人犯になる。ロシア人が報復してきて、おれたちを殺さなかったとしても」

「少佐、任務を中止したいのなら、それもきみが決めることだ」マコードは、きっぱりといった。「いいか、いざとなったら、長官はティモシェーンコ国防大臣と話をつけるよう手配する用意がある。きみたちはロシア領内のウクライナ軍と〝接触〟したときには、詳細を明かさずに対話がなされるだろう」

「〝接敵〟したとき、ということですね」ヴォルナーはいった。「どうすればいいんですかね？　作戦を休止しろと丁重に頼みますか」不意に思いついた。「フラナリー元大使にいっしょにいってもらうしかない。通訳してもらわないといけない。フラナリーはついてこられますかね？」

「地形がよくわかっていない――いま情報を集めている――ので、なんとも答えられない」マコードはいった。

「わからないことだらけですね」ヴォルナーは文句をいった。

「わかっているし、申しわけないと思う」マコードはいった。「聞いてくれ。スームィ郊外に行く新しいルートを考えている。長官がいま飛行場を知らせてきた」

「それじゃ――また乗るんですね？」ヴォルナーはきいた。

「アンの話では、三十分か四十分で出発できるだろう。スームィ直行便をチャーターする。チームは――？」

「もうバスに乗ってます」

「呼び戻すしかない」

「やれやれ！」

「申しわけない」マコードがいった。「アンがバス会社に連絡したし、船は最初の場所にいさせる」マコードはいった。「必要とあれば、緊急の脱出手段になる」

ヴォルナーは、こういった作戦の経験が豊富なので、計画は変更されるものだと知っていた。しかし、スームィについては、なんの準備もしていない。

「うまくいけば」マコードはいった。「衛星か赤外線画像でこの連中を見つけて、きみたちに追加情報を伝え、支援する」

「ええ、うまくいけば」ヴォルナーはいった。ひと呼吸入れて、緊張をほぐした。「わかりました。バスへ行ってきます。そのデータや現地の地図などを用意してくれれば、漁船の船長と話をつけておきます」

「いま届いている」マコードはいった。「フライト情報がわかったら、いっしょに送る。ありがとう、少佐。正直いって、自分がそこにいたらと思う」

「わかっていますよ」声を和らげて、ヴォルナーはいった。「通信終わり」

JSOCチーム・リーダーのヴォルナーには、それがマコードの本心だとわかっていた。元海兵隊員のマコードは勇気にあふれているし、パラシュート降下の事故で負傷したせいで官僚のような仕事をやっているのが気に入っているわけではない。〝いまだに吊索《ちょうさく》が脚にひっかかっている感じがする〟といったこともある。だからといって、最初から範囲が広すぎておおざっぱだった任務に、事態が大幅に悪化するおそれがある要素がいくつも加味されたという事実は、変えようがなかった。

バックパックを両肩に担《かつ》ぎ、〈レッドスキンズ〉の野球帽を目深《まぶか》にかぶると、ヴォルナーは小走りにターミナルを目指した。祖父のアルバートがよくいっていた、べつのことを思い出した。アルバートが好きなアニメ番組の台詞で、ヴォルナーがあらたな難題に取り組むたびに持ち出された。〝仕事を引き受けたときから、危険だっていうのはわかっていたはずだぜ!〟。

黒海のひんやりする空気に打たれて、潮の香りを味わってから、ヴォルナーはバスに近づいた。

「よそへ行くんだってね?」運転手がヴォルナーを見おろしていった。

「計画変更だ。でも、代金は払うよ」ヴォルナーはいった。

「そう聞いてる」運転手が、丁重に答えた。

「ちょっと待ってくれないか。みんなとツアーガイドに話をしないといけないんだ」

運転手が片腕で車内を示し、ヴォルナーはチームに向かっていた。「新しいスケジュールだ。受け入れ先が、飛行機で運んでくれる」

ヴォルナーの表情からはなにも読み取れなかったが、なにが起きているにせよ緊張が高まっているのを全員が察した。チームが装備をまとめはじめると、ヴォルナーはバンコールとフラナリーに、そのまま座っているよう手で合図した。チームが出ていくと、ヴォルナーはバンコールのとなりにどさりと座った。ふたりがタブレットを接続すると、オプ・センターから地図が届いた。

「なにも問題はないか?」ふたつ離れた席から、フラナリーがいった。

「ターミナルに戻る途中で説明します」ヴォルナーはいった。「じっとしていてください」

「いうは易しだな」フラナリーがそっとシートにもたれて、見るともなくチームを見ていた。フラナリーがけだるそうにしているのを、ヴォルナーは見て取った。不安で居心地悪そうだった——シートに寄り掛かるだけでも、顔をしかめている。

「厄介なことか?」バンコールがきいた。

「チェッカーよりもペイントボールが好きなら、そうでもない」ヴォルナーは答えた。

「ウクライナ人攻撃チームとおぼしい連中を阻止するために、北へ飛ぶ」

「オプ・センターはせっせと働いていたんだな」バンコールはいった。「さすがマコードだな——それに確率は五分五分だ」

「それが気になるのか? ほかになにかあるのか?」

「たわごとばかりだ」ヴォルナーはいった。ターミナルに顔を向けた。「矛盾する話をさんざん聞かされた。おれたちは見張りだが、抹殺も自由裁量でやれるというんだ」

「われわれはいつでも武装している」

「自衛のためだ」ヴォルナーはいった。「ウクライナがロシアを攻撃した場合、どう対処すればいいのか、なにひとつ指示がなかった」

「考える時間はある」バンコールがいった。

「ああ。そうだな」ヴォルナーが非情な顔になった。「そうするしかない」

　タブレットに視線を戻したヴォルナーを、バンコールはじっと見た。「個人的なことをきいてもいいか？」

「どうぞ」

「任務拡張現象《ミッション・クリープ》（一九九〇年代のソマリアで米軍の平和維持活動が拡大したことを、アメリカの主要紙がそう評した）は、わたしも経験している」バンコールはいった。「きみもそうだろう。前の任務もやはり、こんなふうに変わったんだな？」

　ヴォルナーは、それを認めてうなずいた。「大きく変わった。変化には対応できるし、予測している。それでも、ロドリゲスを失った。第一線級の男だったのに。その話はできないが、大使のことが――心配なんだ」

「では、置いていったら？」

「通訳が必要だ」

「それなら、わたしが面倒を見て、扱いやすいように気を配る」バンコールはいった。

　ヴォルナーは顔をあげなかった。感謝のしるしにほほえんだが、中途半端な冷たい笑みだった。バンコールとフラナリーは、負傷者だった。バンコールは回復しているとはいえ、まだ試練を経ていない老兵だし、怪我をしているフラナリーは、実戦の経験がない。そういうふたりを現場に連れていきたくはなかった。

だが、ヴォルナーはバンコールに礼をいい、地図上でなにかを拡大した。

それを見て、バンコールはひとことつぶやいた。「くそ!」

36

ワシントンDC、ウォーターゲート・コンプレックス
六月三日、午後十一時八分

チェイス・ウィリアムズは、頭のうしろにある〝それ〟はなに？　とアンにきかれるまで、自分がどこに立っていたのか気づかなかった。タブレットから目をあげて、うしろを見た。

「シャワーカーテンだ」ウィリアムズは、キラキラ輝いている白いシャワーカーテンから離れて、寝室にひきかえした。

ウォーターゲート・コンプレックスは、さまざまな物事によって有名だ。なかには悪評ふんぷんたる事件もある。一九六三年に建設が開始されて一九七一年に竣工《しゅんこう》したチェサピーク・オハイオ運河――〝大きな古いどぶ〟――の水門《ウォーターゲート》があることから、

その地名になった。施設群《コンプレックス》が完成してから一年後に、民主党全国委員会本部への侵入事件が起きて、リチャード・ニクソン大統領が辞任に追い込まれた。ウィリアムズはウォーターゲート・サウスという共同組合アパートメント（分譲とは異なり、部屋の所有権を買うのではなく、部屋の規模に応じた株式を購入して居住権を得る方式。所有権は管理組合が持つ）に住んでいる。ポトマック川下流が望める。二年住んでいるが、昼間に川を眺めたことは五回もない。

ウィリアムズは、帰宅してシャワーを浴び、頭をはっきりさせて、猫の世話をしてからオプ・センターに戻ろうと思っていた。猫の世話はしたが、あとのことはあきらめて、オプ・センターに戻ろうとしたときに、マコードから電話がかかってきた。マコードの言葉を借りれば〝展開の微調整〟のために、その前にも何分か話し合っていたが、ふたりとも任務がそれではいい足りないくらい変わったことを承知していた。ウィリアムズはベリーにメールを送ったが、マコードがまた電話してきて、ヴォルナーの懸念を伝えた。そのあと、ＪＳＯＣチームを空路でウクライナに運ぶ手配を開始したアンが、リモート会議に加わった。飛行機は用意したが、フライトを最終決定するのに、スームィの係官から折り返し連絡があるのを待っていた。

「ヴォルナーが反発したことを、ロジャーがいまいったところだ」ウィリアムズは、アンにいった。

「でも、彼らは行きますよ」マコードがいい添えた。

「行くとわかっていたんでしょう」アンがいった。

「みんなわかっていたことだ」ウィリアムズは明言した。「ロジャーは指示を伝えただけだ。それに、内部でどう表現しようが、わたしがベリーに話をして、ベリーが大統領に話をするときには、当初、ウクライナ東部を移動する計画だったのが、緊張が高まったせいで変更され、偵察のみではなくなったというような説明になるだろう。ウクライナ軍の離叛部隊がロシアへ向かっていたようなら、われわれのチームがそれを阻止することを願おう」

「どういう指示で？」アンがきいた。

「ＣＯＤ」マコードが答えた。

ＣＯＤ――指揮官の作戦上の自由裁量《コマンダーズ・オペレーショナル・ディスクレション》――は、交戦規則の作戦手順でもっとも危険な略語だ。軍は長年、相手が先に発砲しない限り発砲してはいけないという規則に両手を縛られてきた。民間人がいるとわかっている地域では、その規則によって〝射撃禁止〟となる。敵部隊が石油や化学兵器を運んでいるときには、副次的被害が起きるおそれがあるので、砲兵は射撃を禁じられる。だが、ミドキフ大統領は、国防総省に多少の自由をあたえていた。〝緊急事態にただちに考慮する必要がある〟場合、将校は攻撃してもかまわないが、それには〝複数の事情聴取と追跡調査による分析〟が義務付けられていた。それは〝軍法会議〟の公式な婉曲表現だった。

「少佐が怒るのも無理はないわ」アンがいった。「正直いって、わたしもこういうのは嫌いよ」

「好き嫌いをいえるような状況ではないんだ」ウィリアムズは指摘した。

「それはいい抜けだわ」アンがいった。

「もっといい解決策があるのか、アン？」ウィリアムズは問い詰めた。「そっちにするか？」

「わからない」アンが正直にいった。「とにかく待つしかないわね。このスームィの小役人が連絡してくるまで――でも……なんともいえない。このウクライナ軍部隊の規模も、まだわかっていないんでしょう？」

「まったくわからない」マコードが答えた。「ただ、分隊程度だと想定している。十人以下だろう。注意を惹かずに移動でき、すみやかに合体できる」

「それなら、人数は対等だし、ホームグラウンドの利点もある」ウィリアムズはいった。

「ウクライナにいるあいだだけですよ」マコードが指摘した。「ロシア領内にはいったら、もう――」

「長官、チームが国境を越えざるをえなくなっても、ロシア軍に対して発砲することはできない」アンが強硬に口を挟んだ。「それは論外よ」

「味方を護るためであっても？」マコードがきいた。

「それをいったら、性急にやるのは最善の策ではないという話に戻ってしまう」アンがいった。

「アン」ウィリアムズはいった。「ヴォルナー少佐に、越境がまもなく行なわれる場合には、ティモシェーンコ国防大臣とその可能性を話し合う手配をする用意があると伝えてある」

「わたしたちが侵攻部隊を処理するあいだ、ロシアの国防大臣が待ってくれると思っているんですか？」アンがきいた。

「交換条件しだいでは、待つかもしれない」ウィリアムズはいった。「ベリーにメールして、その場合、大統領がどういう譲歩をしそうか打診してある」

「戦争よりは取引のほうがいいと、ティモシェーンコは思うかもしれない、アン」マコードがいった。

「ウクライナ人武装集団に侵攻されても？」

「そうだ」マコードはいった。「死んだウクライナ人は、どこで撃たれて死のうが、死んだウクライナ人でしかない。戦争になったら、国に忠実なクリミアのウクライナ人すべてが、武装闘争をはじめるおそれもある」

「ティモシェーンコのボスは、あなたほど理性的ではないかもしれない」アンがいった。

「わかった」ウィリアムズが割ってはいった。「ふたりの意見はよくわかったが、すべて仮説だ。比較的小規模なチームが二個あり、関与する勢力が増えないように、できるだけ小さい規模のままにする必要があるというのが現実だ。このことを検討したいと思うが、つぎにマイクと話をするときには、彼の行動を支援するだけではなく、わたしがそれに責任を負うと伝えてくれ」

「さすがですね、長官」アンがいった。「でも、わたしたちがまだ話し合っていないことがありますよ。どちらかの側がわたしたちのチームを捕らえたときは——それも役に立ちませんよ。どちらもすぐには解放しないでしょうし、ミドキフはなにも知らなかったと否定したあとで、長官の首をちょん切るでしょうね」

「それが政治の醜悪な現実だ」ウィリアムズはいった。「しかし、もっと詳しいことがわかるまでは、それが最善の提案だろう。ロジャー、情報をもっと集めてくれ。総員配置だ」

「長官、みんな精いっぱいやっていますよ」

「わかっている、ロジャー。しかし――アン、ブライアン、ジム、全員に、貸しがある人脈を活用し、モスクワの信頼できる情報源を使って、スッジャの重要な関係者についてもっと探るよう頼んでくれ。キエフに圧力をかけ、目をつけられている将校がいないかどうか調べてくれ――なんでもいい。情報がほしい」

「長官、そういうことはほとんどやって、なにも出てこなかったんです」マコードがいった。「それに、われわれが知っていることをあまり明かさないように、用心しなければならない。ことにクレムリンにそれが伝わるのはまずい。ティモシェーンコが、〝機動演習〟と称して、われわれのチームも含め、スッジャ付近のあらゆるものを破壊するかもしれない」

「わかっている」ウィリアムズは、すこし語調を和らげた。「きみたちの手法に疑問を呈しているわけではない。しかし、われわれのチームが、現地でなにもわからない状態に置かれている。前回、われわれの作戦に穴が――」

「長官」アンがいましめた。

ウィリアムズは黙り、タブレットのアンの顔を見た。とがめているのではなく、心配する表情だった。モースルでドーソンとともにハンヴィーに乗っていたヘクター・ロドリゲスがIEDのために死んだときに、だれもが心に傷を負い、それからまだ回復していない。ドーソンは生き延び、そのために罪の意識に苦しんでいる。非番のときにドーソンが前にも増して女とアルコールに溺《おぼ》れているのを、ウィリアムズが大目に見ているのも、それがあるからだった。仕事に影響が出ない限り、〝事後報告の延長〟と称して週に一度メガン・ブルーナと会っていても、ウィリアムズは黙っていることにした。

「わかった」ウィリアムズはいった。だが、謝罪はしなかった。情報部長のマコードに、くれぐれも用心してほしいといいたかったのだ。「すぐにそっちへ行く――」

「長官、いまのところ、ここで長官がやる仕事はほとんどありませんよ――」

「そうだな。みっともない」ウィリアムズはいった。どこからそういう言葉が出てきたのか、自分でもわからなかった。

「あとの幹部も呼びますか？」アンがいった。

「まだいい」ウィリアムズはいった。「スームィにチームが着く時刻がわかるまで待とう」

「隅々まで調べることにしますよ」マコードがいった。

マコードが、早く話を切りあげればよかったとでもいうように、いきなり接続を切った。アンはそのままにした。

「情報のことだけではなくて、もっとじっくり――」

アンの言葉は、ウィリアムズの携帯電話の着信音のメロディーにさえぎられた。ウィリアムズは、ベッドに置いてあった携帯電話のほうへ行った。

「ドーソンからだ」電話に出る前に、ウィリアムズはいった。「どうぞ、ブライアン」

「〈ヌーカリー〉にいるんです」ドーソンがいった。「やかましすぎる。外に出ます。とにかく、マットからメッセージが届いて……送ります。ここを離れたら話をします」

ドーソンが電話を切り、ウィリアムズはタブレットのところへ戻って、秘密保全措置をほどこしたオプ・センターとのリンクに接続した。アンとは自動的に接続されるので、ウィリアムズはNSA‐6／3／22：44と記されたファイルをダウンロードした。ハルキウに近い国境付近で情報を収集しているロシアの飛行船の信号を傍受したものだった。表題を訳して分類がなされていた。

軍事品質長距離FMワイヤレス音声・画像送受信機。テスト信号、WGS84（世

界地学システム一九八四年）北緯50度00分16秒、東経36度13分53秒、50・0044
44、36・231389 GeoURI（統一資源識別子）geo：50・004
444、36・231389UTM（統合脅威管理）37U3016135552
798

「これがなにか、わかりますか？」アンがきいた。

「受信者にあらかじめ知らされている定形の暗号通信で、空欄にデータを入力する形式だ」

「ハルキウね」ウィリアムズはいいながら、タブレットを使ってその座標を調べた。

地図が表示されると、アンが考え込むようにいった。「スッジャの基地まで一五〇キロメートルくらいよ」

「そのとおりだ」ウィリアムズはいった。「スームィともほぼおなじ距離だ」

また携帯電話が鳴り、ウィリアムズはさっとつかんでスピーカーホンにした。「ブライアン、マットは状況を説明したか？」

「ハルキウだと――」

「ああ、それはわかった」ウィリアムズはいった。「ハルキウのどこか、情報はないのか？」

「まだありません」ドーソンが答えた。「わかっている限りでは、その地域にウクライナ軍部隊はいないそうです」

「本部に来てもらったほうがよさそうだ、ブライアン」ウィリアムズはそういって、重大な懸念を宿した目でアンと見つめ合った。声にもそれが表われていて、ドーソンの言葉がとぎれた。

〝わかっている限りでは、その地域にウクライナ軍部隊はいない……〟

指でスクリーンをなぞって、接続を切ると、ウィリアムズはベッドにほうり出してあったスポーツジャケットをつかみ、タブレットをショルダーバッグに入れた。ドアに向かうときに、〝みっともない〟という言葉がどこから出てきたのか気づいた。

父親がロングアイランドのヴァリーストリームの家で雑用——芝刈り、歩道の雪かき、洗車をやっていると、母親がよくいった言葉だった。ウィリアムズが床に寝そべって《クラシックス・イラストレイテッド》の漫画を読んでいるときにもいわれた。

ウィリアムズは当時、四歳か五歳だった。

ガレージに向けて急ぐとき、どれほど多くの母親の言葉がいま、首都のあちこちでどれほど多くの省庁を〝動かす〟のに影響しているだろうと思わずにはいられなかった。

37

ウクライナ、スームィ
六月四日、午前九時六分

国道H07号線は、スームィを出入りする幹線道路だった。ほぼ直線に北東へのびてロシアにはいり、スッジャの町を抜ける。あまり補修がなされていない部分が途中にあり、崩れている個所も多いが、悪路向きの車なら走れる。

ロマネンコ少佐は、国境を越えるつもりはなかった。ジンチェンコが、その地域で活動している親ロシア武装勢力やロシアの自警団がよく使う幌《ほろ》付きのトラックを借りてきた。たとえば、ロシア国境のすぐ先のベルゴロドを根城にする悪名高いオクパイ・ペドフィリャイ（〝小児性愛者を占領せよ〟の意味。ロシアの反LGBT自警団）の若者たちは、目出し帽をかぶって〝白い正義の車両〟や〝白い列車〟で夜間パトロールを行なう――〝白〟は人種や車両の色とは関係ない。彼らは、銃、ナイフ、バール、プライヤー、クリミアとウクライナ北東部のゲイに対する自分たちの活動を記録するためのカメラを、バッグに詰め込んでいる。

ロマネンコとそのチームは、ネオナチスの悪党どもには関心がなかった。ホモセクシュアル、ユダヤ人、金持ち、高齢者、反プーチン派、親欧米派から略奪するそういう集団は、このあたりでは珍しくない。ロマネンコたちが、単独で行動しているそういう残忍で狂暴な集団に偽装しているのは、ふつうの市民が近づいてこないし、親ロシア派の役人も見て見ないふりをするはずだからだった。

「汚いやりかただ」キエフで計画を説明されたとき、トカーチはいった。チームのなかでもっとも欧米の影響を強く受けているので、その世代に特有の狂気が理解できないのだ。トカーチは、祖父と父親譲りの愛国者だが、ソ連のくびきに圧迫されることなく成長した。憎悪しているのはロシアだけなので、たとえ偽装であっても、こういう役割を演じるのがしっくりこないのだ。

ロマネンコは、トラックをとめるところまでの三十分、好き嫌いは押し殺せと、トカーチに命じた。夜のとばりがおりたら、そこからロシアまで、闇と煙が敵の目から隠してくれる。

ロマネンコは、コンピューターで〝実行〟の信号を受信していた。その信号は、二秒だけつづいた。C#からEbまでの特徴のある音階で、ロマネンコのコンピューターに録音されている音階と一致した。この音階が使われるのは一度だけだ。べつのプロンプトや、信号をたまたま傍受したか、計画を知っている人間が送ってくるようなプロンプトでは、この音列は出てこない。

つまり、クリモーヴィチ少将は二時間後に移動準備が整い、ロマネンコはハルキウからのデータ送信を見ることができるはずだった。それがチームの出発の合図になる。

ロマネンコは、ホテルの電話を使って部下に連絡した。彼らは三十分後には到着したときとおなじようにひとりずつホテルを出て、徒歩でスムカ川へ行く。そこはこの季節には地元住民や観光客に人気があるので、目につくことはない。早めの昼食を食べ――そのあいだに、ハルキウで起きていることを携帯電話で確認する。だれもが携帯電話を使っているので、やはり目につくことはない。その後、橋へ行って、対岸のレルモントワ通りでレンタカーを借りる。それもジンチェンコが手配し、トラックを一台借りたことがわかっている。それから、夕刊紙を数種類買い、必要になったら使えるようにしておく。

その日は雨が降るおそれがあった――この地域では珍しくない――その場合、彼らは昼食抜きで、観光客のふりをして、写真を撮るなどして、最悪の状況をすこしでも取り繕《つくろ》う。だが、雲が去って陽が出たら、湿気が多くひんやりしているかもしれないが、風に吹かれた噴水から臭気が漂ってくるはずだ。掘り起こしたばかりの墓場のようなにおい、味、雰囲気。ぬかるんだ地面と古代の空気が入り混じった不快なにおいに、ガソリン、焼却されたゴミ、カビの悪臭が、そこはかとなく混じっている。ウクライナの小都市には、感覚を刺激する独特の特徴があり、天気が変わるとそれが掻《か》き立てられる。そういう微妙な全体の雰囲気をごまかしているのは、川の遊歩道にまばらに造られた庭園だけだった。

チームの男たちは、ゆるやかに曲がっている川沿いで、それぞれの姿を視界に捉えていた。昼食を食べ終えたとき、ＢｂからＧ♯までの信号が届いた。男たちは携帯電話のアプリを使い、地元スームィのラジオ局に合わせた。

「……驚くべき光景が、その工業団地でくりひろげられています――三十両？　いや、もっと多いかもしれません。いま三十両以上の戦車が、廃棄された工場のゲートを出て、ハルキウの昼時の混雑した通りを走っています。確認された情報ではありませんが、車列を率いているのは、三年前のロシアによる侵攻後、国民の前から姿を消した将軍だといわれています――動画がはいりました。グリーンの迷彩服を着た人物が、先頭の戦車でハッチをあけた砲塔に立っているのが、はっきりと映っています。ざっと数えたところ、五十両でしょうか？　五十両の戦車部隊が、まだ身許確認はなされておりませんが、〝狐〟という綽名をマスコミに献上されたタラス・クリモーヴィチ少将に率いられているように思われます。これはまさに――〝驚くべき〟としかいいようがありません。この戦車のパレードが車の流れにもとまることなく、それでいてだれもが脇によけられるようにゆっくりと進んでいるのを描写する言葉は、それしかないでしょう。

警察は完全にうろたえ、なすすべを知りません。戦車をとめる手立てはありません。進行を阻止しようとした警官がひとりいましたが、指揮官の手ぶりで難をよけました。指揮官はとまるつもりがないことを、はっきりと示しています。戦車はとまりません。この驚くべき動画によれば、停止する気配はまったくありません。これはハルキウからの生画像です……」

ロマネンコは、確認できてもしばらく耳を澄ましていた。誇りが血管と呼吸と筋肉にみなぎるまで聞いていた。ニュースのナレーションに自分の想像を頭のなかでつけくわえてから、ストリーミング動画を切った。

〝だれもが思い浮かべる疑問は、その理由だった。きわめて直接的な目標があるように思えるこの示威行動の目的はなにか？　これは軍事パレードなのか、あるいはそれ以上のものなのか？　狐と呼ばれる男は、ただ引退から復帰して、暴力的な威張り散らす隣国によって抑圧されている国の第二の都市を行進しているだけなのか？〟

狐と幽霊部隊の復帰を見ている人間はだれひとりとして、この戦車部隊の真の目的を知る由《よし》もないというのが、もちろんその答だった。

戦車部隊が目指している相手も、それを知らないはずだ。

38

ロシア、スッジャ
六月四日、午前十二時十一分

イェルショーフ大将が、飛行場で戦車が機動を行なうのを双眼鏡で見ていると、総務幕僚が駆け寄ってきた。

「将軍、これをご覧になってください」若い幕僚が息を切らしていいながら、タブレットをイェルショーフの手に押しつけた。

信号がよく届くように、イェルショーフはすこし移動した。戦車と秘話通信を行なう移動短波無線機のホイップアンテナも干渉していた。新型の強力な衛星データ通信も、東ヨーロッパ平原東部では高地や丘陵に遮られて途切れがちだった。

ぎくしゃくした動きの画像がようやく流れはじめた。ウクライナ最大のテレビ局1

＋1の生中継だった。街中をゆっくり進んでいる数十両の戦車の列が映っていた。うしろには増大する群衆……そして前には先導の警察車両隊がいた。

「これはなんだ？」ボリュームコントロールを探しながら、イェルショーフはきいた。

　総務幕僚がスクリーンをなぞって、音量をあげた。もともと低い音量ではなかった。現場のレポーターの声が、群衆の声と、上空から撮影しているヘリコプターの爆音にかき消されていただけだった。

「……戦争の英雄〝狐〟は、これまでのところ声明を出しておりませんし、この展示の理由を示すものはなにもありません」女性レポーターがいった。「軍はこの展示について公式にも内密にもコメントしていませんし、わたしたちにわかっているのは、こうして目にしていることだけです。この戦車部隊が東のロシア国境に向けて進んでいるということだけです」

　イェルショーフの電話が鳴った。タブレットを総務幕僚に投げつけてから、イェルショーフは電話に出た。レポーターの言葉と画像の意味を呑《の》み込むにつれて、額が紅潮し、息が荒くなっていた。

「はい」発信者をたしかめもせずに、イェルショーフはいった。

「見たか？　まちがいないな？」

ティモシェーンコ国防相だった。

「見ました」イェルショーフはかっとして、総務幕僚が目の前に掲げていたタブレットに視線を戻した。「どういうことなのか、わかりますか?」

「なにもわかっていない」ティモシェーンコがいった。「大統領は不快に思っておられる」

イェルショーフは、手をふって総務幕僚を追い払い、話が聞こえないところへ歩いていった。「なにを——?」プーチンの指示をたしかめようとしたのだが、いい直した。「わたしになにをしろとおっしゃるのですか?」

「彼らが攻撃を考えていることはありえないだろう」ティモシェーンコがいった。

「それは自殺行為だ」

「自殺も戦術です」イェルショーフは指摘した。「殉教もおなじです」戦術的な頭脳が働きはじめると、思考力が戻ってきた。「この男は……身を隠して、これを計画していた。それはたしかです」

「われわれに撃破されるために雌伏していたというのか?」ティモシェーンコがきいた。

「ちがいます」イェルショーフはいった。「われわれを脅すためです。われわれが敗北したラブコヴィチの戦いを見せつけて、われわれの勇気と意志をくじくためです」

「やつの意思表示はそうかもしれないが、われわれの狙いは――」

「われわれの狙いや、われわれの知っていることは、関係ありません」イェルショーフは遮った。「大臣とわたしは暗黒地帯《ダーク・ゾーン》政策を築いていることを知っていますが、それを知らないウクライナとロシアの国民は、ちがう見かたをするでしょう。われわれはまさに、やつが描いているような姿に見られます。交戦を怖れていると思われます。われわれが国境に向けて移動しなかったら、怯《おび》えているのだとやつにいわれるでしょう。国境に向けて移動するだけでは、やはり怯えているといわれるでしょう。国境を越えたら――」

「そうしたら、大統領の命令に公然と反抗することになる。大統領があらたな命令を下せばべつだが」ティモシェーンコはいった。いつものおもねるような声が、不安のためにそわそわしていた。

　そのとたんに、イェルショーフは、もともと薄弱だったティモシェーンコに対する敬意を完全に失った。タラス・クリモーヴィチ少将は、ロシア軍を完全に麻痺させ、辱めようとしている……彼の示威行動をこのまま放置すれば、そうなる。

「ティモシェーンコ国防相、わたしは国境に行かなければなりません」イェルショーフはいった。きっぱりと……そして反抗的に。

「将軍、決断するのはきみではないぞ」

「大統領に命じられたこの機動演習を実行することは、完全にわたしの権限の範囲内です」イェルショーフは答えた。

ティモシェーンコが、むっつりと黙った。イェルショーフはすでに指揮所に向かい、演習を指揮している将校を呼び寄せた。

「ヅジャーマノフ大佐」イェルショーフはいった。「大隊AとBに出撃準備をさせろ。それから、わたしの車両も呼んでくれ――わたしはBTR-82（歩兵輸送を主とする装輪の装甲輸送車）に乗る。二号車だ」

「警戒任務から配置転換ですね？」年配の大佐が確認した。

「警戒任務から、ただちに配置転換だ！」イェルショーフは答えた。BTR-82は、主力戦車とそれに次ぐ戦車を除けば、もっとも強力な車両なので、すさまじい威力の一四・五ミリ重機関銃と七・六二ミリ機関銃の銃塔のハッチをあけて立っている姿を見せつけたいと思っていた。

「かしこまりました」大佐が堂々とした敬礼をして、向きを変え、離れていった。

「将軍、聞いた――くれぐれも慎重にな」ティモシェーンコがいった。

「慎重と不注意はまったくちがいます。わたしは慎重ですが、不注意ではありません」イェルショーフは答えた。「大統領には、わたしがいまも機動演習を行なっていて、ダーク・ゾーンの範囲を拡大し、ピッチをあげていると伝えてください。大統領の述べた目標と、祖国の権益を守る神聖な任務に沿って、それを行ないます」

「その意図はたしかに伝えよう……大統領にきかれたら」

最後の言葉は、なにをやろうが自分の考えでやれということを、あからさまに認めていた。それ以上なにも話はなかったので、イェルショーフは電話を切った。ティモシェーンコは、自分の地位を守ることしか頭にない。ロシアの名誉などどうでもいいのだ。電話は記録されていないので、イェルショーフが〝狐〟を打ち負かしたときには、自分の責任でやらせたと主張できる……あるいは明白な膠着《こうちゃく》状態以外の事態に終わったら、このやりかたに反対したと主張することもできる。

車体の低い装甲輸送車が来るのを待つあいだ、イェルショーフは、意識にはびこらせてはいけない悪鬼と戦っていた。復讐《ふくしゅう》したい、ニコライ・ノヴィコフ大将の味わった屈辱に報復したいという思いは、それほど強かった。自分を打ち負かした男の生皮は、ノヴィコフにとって最高の褒美《ほうび》になるはずだと、心の底では思っていた。

やがて、イェルショーフは、ガタガタ揺れながら咆哮《ほうこう》する装甲車に乗った。八輪の大きなタイヤが回転し、ＢＴＲ‐82は飛行場の端で煙っている土埃《つちぼこり》のなかで待っている部隊に向けて走っていった。

39

トルコ、サムスン空港
六月四日、午前七時

飛行機を手配するのは簡単だったが、許可を得るのが容易ではなかった。スームィにあるのが私営飛行場で、通常のセキュリティ設備も税関もないので、外国の飛行機の着陸許可はそこを管理している地元の役所から得なければならないことは、アンにもわかっていた。それには、乗客名簿、貨物、訪問の目的などを書類に記入して提出する必要があることは予想していた。

それに記入するのはウクライナ人でなければならない。それも予想していた。キエフの大使館には、ほとんど事情を説明しなかった。そうでないと、あれこれ詮索《せんさく》され、大使館が自分たちの目論見《もくろみ》で動きはじめるおそれがあった。ウクライナ政府の機嫌をとるために、秘密情報をこっそり流すというようなことだ。そういうことはしじゅうやっているが、ほとんどの場合、生死が懸かってはいない。

アンには使える通訳が何人もいるが、早朝に見つけて仕事を頼むのには時間がかかる。ヴォルナーのチームは全員、未発見の地下水を探す地質学者という偽装に変更し、荷物も科学調査用の装備に変えた。ヴォルナーのバッグのひとつに、それが収まっている。ほかのバッグが調べられそうになったら、すんなり通してもらえるように、ムーアが千ドル所持している。さらに、場合によっては強引に通れるように、すぐに撃てるようにしてあるコルト近接戦闘用拳銃《CQBP》も携帯していた。

書類が作成されたら、それを役人に提出しなければならない。その役人が、着陸コードとその有効期限を電話で飛行場に伝える。ところが、問題の役人が電話に出なかった。公共の非常事態であれば、警官が派遣される。しかし、地質学者の一団のためにそういうことは行なわれないはずだった。

だから、アンは待った。待つのは得意ではなかった。出勤してきたウィリアムズはアンに、彼女がやったのが最善の方法だったことを納得させようとした。

それはアンにもわかっていたが、重圧がついに重くのしかかりはじめていた。ウィリアムズとおなじように、アンは重圧を受けるとひどく静かになる……動くと体がバラバラに砕け散って、周囲の人間に被害が出るとでもいうように。

オプ・センターの幹部が待っているあいだ、チームも待っていた。エネルギーが朝靄のように蒸発した。時差ボケになってだれるのを怖れたヴォルナーは全員に、鋭敏で注意を集中していられるように、地図を見るかターミナルの外へ散歩に行くよう命じた。バンコールはベンチに座って瞑想《めいそう》した。フラナリーはその横で眠り、うっかりして脇がひきつれたときに目を醒ました。

ヴォルナーは、〝中止しろ〟と叫んでいる警告のしるしをすべて考えないようにした。広いターミナルの床に座って、マコードと地図製作者のアリソンを相手に戦略を練っていた。予想外の事態でアンが忙殺されているので、まだ固まっていない計画に取り組まなければならなかった。

「ロジャー、この飛行場はターゲットが泊まっているか泊まっていたところよりも、だいぶ南にある」ヴォルナーはいった。

「でも、車で移動する場合の主要道路、国道H‐07号線に近いですよ」アリソンがいった。「移動手段を確保できれば、十五分で行けます」

「エデュアルドが、そこで待機していたのとおなじようなバスを向こうでも用意しようとしている」マコードがいった。「なにしろ早朝だから厄介だ。自宅の番号を調べて、だれかを起こそうとしているようだ」

エデュアルドはアンの補佐官兼唯一のアシスタントで、物流及びサプライチェーン管理の修士号を持っている。アンとおなじように有能で、押しの強い若者だった。

「ほかに方法はないかと思っているんですよ」ヴォルナーはいった。「川がある。名前は――」

「船が見つかったとしても、場所によっては浅すぎます」アリソンがいった。

「ひどい話だ」ヴォルナーは首をふった。「装備を背負って徒歩で三〇キロメートル。街中を通り、検問所を避けるために夜間、荒れ地を越える。十二時間か十三時間かかる。暗くなるのを待たなければならないから、じっさいにはもっとかかる」ヴォルナーはいった。「おれたちにはできるが、フラナリーとバンコールには無理だ」

「車を見つける」マコードは請け合った。「酪農場やショッピングセンターもあるし、運送会社もある――問題があったら金で解決できる」

主要な目標と取り組む前に兵站の問題を解決しなければならないような任務に部下を連れていくことに、ヴォルナーはあらためて、不安どころではない大きな懸念を抱いた。

〝ヘクターのことと、ニューヨークで殺傷力を行使しなければならないと決断したせいだ〟ヴォルナーは心のなかでつぶやいた。迷いは心をむしばみ、〝悪いことは起きるものだ〟という現実よりもさらに害が大きい。

ハルキウで展開している出来事を知らされたマコードは、それも監視していた。東を目指しているふたつの冒険的な軍事行動にはつながりがあり、おそらくウクライナ軍の正規の作戦ではないだろうと、いまでは確信していた。ロシアの機動演習がハルキウを発した戦車部隊に向けて〝拡大された〟という秘密警報が届いていた。ウクライナ政府は、まだなにもコメントを出していなかった。

これが離叛分子の作戦だとしたら、ウクライナ軍は現地の草の根の熱意を見て、自分たちも加わるべきかもしれないと考えるだろう。受け入れるのか、それとも拒否するのか、軍は決断を迫られる。

一触即発の無謀な十字砲火に巻き込まれる可能性は、ずっと懸念材料だった。いまや総力戦も予想される状況なので、入念に監視する必要がある。ヴォルナーはバンコールのところへ行き、話し合いに参加させた。ウィリアムズも明らかにそれを考えたらしく、つぎの電話にはドーソンとマコードに加わった。

「ほかに部隊の動きがないかどうか、調べる」マコードがいった。「これまでのところ、ロシア軍とウクライナ軍の基地でＤＥＦＣＯＮを変更する動きは見られない」

「おそらく地上のチームのことを知らないんだろう」ドーソンが指摘した。「それに、ロシアは機甲部隊の司令官が威嚇するのを許可するだろう」

「その可能性が高い」バンコールはいった。「スッジャを目指している連中に気づいていなければ、そうするだろう。やがて、地獄の猛火が北と南から国境へ殺到する」

「いずれにせよ、少佐、わたしはきみがやることをすべて支援する」ウィリアムズはきっぱりといった。

「ありがとうございます」ヴォルナーはいったが、事態が悪化して軍法会議にかけられるようなことになったときには、ウィリアムズもたいした影響を及ぼすことはできないとわかっていた。いまのウィリアムズは文民だし、ヴォルナーはチームで最上位の将校なのだ。それに、軍にはウィリアムズの味方だけではなく、敵も多くいる。それでも、ありがたい言葉だった。

五時間も延々と待たされ、手間がかかったことに短いが真心のこもった謝罪を受けたあと、アンは着陸許可を得た。だが、そのときには確保しておいた民間のガルフストリームは、片道一〇〇〇キロメートル以上のフライトのチャーター時間が切れて、アンカラに戻らなければならなかった。アンはつねに予備を用意しておくので、今回もトルコのビンギョルの格納庫でボンバルディア・リアジェット45XRが待っていた。

スームィの全長二五〇〇メートルの滑走路に着陸できることを、エデュアルドが確認してから、アンはそのビジネスジェット機をチャーターした。

リアジェットの燃料を補給し、チームが乗り込むまでに、地上で七時間が無駄に過ぎていた。お役所仕事と作戦行動のちがいは、それほど対照的だった。任務の肝心な部分であるフライトには、二時間もかからない。もっと長ければいいのにと、チームの面々は思った。リアジェットはビジネスジェット機なので、心地よい涼しい空気が循環し、深々とした革の座席を備えている。全員が眠り、ヴォルナーもタブレットの着信音が鳴るまでうとうとした。

「マイク、重要なことをつかんだぞ」マコードがいった。

スクリーンに衛星画像が表示され、ヴォルナーはたちまち鋭敏に頭を働かせた。画像を一瞬で見てとり、そのトラックの左の道路は国道H‐07号線で、右は東ヨーロッパ平原の南西の端だと推測した。

「やつらだな?」ヴォルナーはきいた。

返事の代わりに、マコードは平野部で七つの人影が夕陽を受けて東にのびている画像を送った。タイムスタンプは二時間前だった——トラックを捉えた画像の十分後だ。マコードはつぎに、最新の画像を送った。七つの人影は、さらに東へ移動していた。

「動画で演習していた分隊にちがいないと思う」マコードがいった。

「飛行場からトラックまでの距離は？」

「約三〇キロメートルだ」マコードはいった。べつの画像を送った。「ここに映っているロシアの検問所の手前で乗り捨てられたんだ」

ヴォルナーは、画像をじっくり見た。マコードのいうとおりだが、ほかになんの手がかりもない。

「なにを考えているんだ？」マコードがきいた。

「われわれが着陸したあと、暗くなるまで四時間ある」ヴォルナーはいった。「この連中が明るいうちに国境を越えるとは思えない」

「ぜったいにそうだとはいい切れない」マコードはいい返した。

ヴォルナーは、なにかを殴り付けたかった。仮定ばかりではなく、即動可能《アクショナブル》・情報《インテリジェンス》が必要だ。七人はもしかすると農民かもしれないのだ。「アンに頼んでくれないか――バイクか、ATVのようなものだ。トラックのところまで行ければいい。トラックが発見されて牽引《けんいん》されていなければ、そのあと――」

「すばらしい」マコードはいった。「バイクをトラックの後部に積み、戻ってチームを乗せるんだな」

「ああ」

「トラックに盗難防止装置があったらどうするの？」アリソンがきいた。

マコードの運転免許証の発行日よりも古い車を見たことがないミレニアル世代のいいそうなことだった。ヴォルナーは農場を持っている祖父母のもとで育てられた。

「二十年か二十五年くらい前の車だ」ヴォルナーはいった。「ムーアなら眠っていてもコードをショートさせてエンジンをかけられる」

「必要なものをアンに伝える」マコードはいった。

「これからおれはムーア上級曹長に、一匹狼の任務をやってもらうと話す」ヴォルナーはいった。「彼が祈るときには、あんたのことを思い出すだろう」

「フォート・ブラッグに戻ってから」マコードがいった。

「フォート・ブラッグに戻ってから」ヴォルナーは厳粛にくりかえした。きっぱりといったが、祈りがこめられていた。

40

ウクライナ、ユナキフカ
六月四日、午後三時二十八分

世界は炎のなかで生まれた。祖国も炎が燃えあがって再生する。

ロマネンコは、道端の小さな駐車場にトラックを置いてきた。ロシア語とウクライナ語で〝移動無用。ＰＯ（オクパイ・ペドフィリャイを連想させるイニシャル）〟と書いたものを付けておいた。自分たちが引き起こす嵐《あらし》から逃れるために、あとでそのトラックが必要になる。ロシアとウクライナのゲイに対する差別には根深い歴史があるから、だれもトラックを移動させないだろうと思った。プーチンの手先の悪党どもが国境を越えて暴れまわっているから、だれも近づかないはずだ。

そこは厳密には街の外だったが、ユナキフカは森や広い野原や自然保護区が点々とある国境地帯を訪れるひとびとの出発地だった。ロマネンコたちのうしろを数人が歩いていたし、若い家族が十カ所あるピクニックテーブルのひとつで瓜《うり》を食べていた。爽やかな春の芽吹きや草花があちこちにある。ヴォロディーミル・ベレゾフスキー提督はそういったものを乱さないように気をつけて、大きな丸い岩のうしろに六つの品物を埋めていた。春になって雪が解けた地面は、かなり柔らかかった。見分けられるように、埋めた側の岩面を削って〝X〟印を付けてあった。春になって雪が解けた地面は、かなり柔らかかった。

トカーチとジンチェンコはそこへ行き、ピクニックを楽しんでいるひとびとから見えない裏側にしゃがみ、ペーパーナイフで掘り起こした。品物はそれぞれ防水布にくるんであった。トカーチがひとつを渡すと、ロマネンコが慎重に紐《ひも》をほどいて、なかの兵器を出した。ピンを抜くと発火する強力な焼夷《しょうい》手榴弾で、小さな魔法瓶ほどの大きさだった。ロマネンコはそれをもとどおりくるんで、あとの六発といっしょに土のなかに戻し、足で泥をかけて、警察のヘリコプターか軍の航空機が上空を通っても見えないようにした。それから時計を見た。

「もっとも効果がある場所を探せ」まわりを見ながら、ロマネンコは部下に命じた。

「二〇〇メートルくらい離れたあの林はどうだ――まんなかにオークの枯れた幹がある」北に目を向けた。「あのピクニックテーブルもだ。九十分後に潜入する」

「ひとがいたら?」マルチュクがいった。

「いないことを願うしかない」ロマネンコはいった。時計を見た。あと八十八分。人生でもっとも時間がたつのがひどく遅く、いらだちがつのる瞬間だった。いくら期待が高まっても、作戦が計画どおり進まないのではないかという不安を乗り越えることはできない。これはロマネンコが経験したことがない状況だった。戦闘は勝つか負けるかだ。それが戦争の本質だ。しかし、いまのように戦闘の半分を自分が指揮するというのは、はじめてだった。〝狐〟を感心させるために、期待されているよりもずっと大きな戦果をものにしたかった。

昼間はずっと難題のそういう側面を心に抱きつづけようと、ロマネンコは思った。日が暮れたら、焼夷手榴弾で自分の夜を創造する。

七人はすこし歩いた。ロマネンコは、ハルキウからつぎのメッセージが届くのを待った。一時間後に届いた。やはり音階で、地平線に戦車独特の黒い排気煙があがっているのをコヴァルが捉えていることを伝えていた。イェルショーフの機甲部隊がウクライナとの国境に近づきつつあり、ひきかえすことができない瞬間が迫っている。イェルショーフがいまひきかえしても、スッジャの防御を支援するのには間に合わないはずだった。ロマネンコは、スッジャの無線交信を傍受した。ロシア機甲部隊の動きが、コヴァルの情報どおりだということが確認された。

ロマネンコは腕をあげて、頭の上で手をまわし、兵器を隠した場所の近くにいたトカーチとジンチェンコに合図した。ふたりが焼夷手榴弾を掘り起こして、三個をパーヴェルとミハイルのロモフ兄弟の空のバックパックに入れた。ふたりは目的の場所に達すると、その三発を発火させる。

チームが集結しているところからできるだけ遠ざかってピンを抜くために、ロモフ兄弟は先に出発した。

風が強まっていた――もっけのさいわいだと、ロマネンコは思った――そのため、野原にもピクニックテーブルにもだれもいなかった。トカーチが、一発をピクニックテーブルに持っていった。テーブルはすぐに火がついて燃えあがるはずだ。ジンチェンコが、残りの二発を小さな林に持っていった。芽吹いたばかりの樹木は燃えあがるのに時間がかかる――だが、枯れた幹がしばらく燃えるだろうし、二発は間隔を一〇メートル話して発火されるので、かなり燃えひろがるはずだった。

やがて、時間になった。

ロマネンコが、火災を発生させる地域の北東で残りのチームと合流したとき、トカーチとジンチェンコが焼夷手榴弾のピンを抜いた。筒型の焼夷手榴弾を置き、駆け出した。導火線が燃えはじめてから十秒後に、風船が破裂するような音とともに発火した。卵型の炎が噴き出して、つかのま宙に浮かび、横に向けてすべての方角にひろがった。

チームは小走りに前進した。ロマネンコはいちばんうしろで、ふりかえりながらゆっくりと進んだ。汚い黒い煙が、風にあおられて、外側と上に向けて波状にひろがり、驚くべき速度であたりを覆った。テーブルが燃え、枯れ木も生木も燃え、燃焼促進剤の粒が落ちてきて、叢も燃えた。ピクニック用の広場の火災は、たちまち丈の高い草が生えている斜面へ殺到した。鳥の群れが飛びたったが、体に火がついて空から落ちてきた。樹上に棲《す》む哺乳類が窒息して落下し、焼かれた。空もすぐに立ち昇る煙と濃いオレンジ色の炎に縁どられた。

火災からかなり遠ざかると、ロマネンコとそのチームは民間人の服を脱ぎ捨てて埋めるために立ちどまった。黒いズボン、セーター、目出し帽という格好になった。これからロシアとの国境を越える。森はパトロールされているが、抜け道が多いし、歩きまわっている兵士たちはおそらく火災を観察して、風向きが変わらないことを確認しているはずだった。

チームは出発した。先を急がず、注意深く進んだ。トカーチが路上斥候《せっこう》をつとめ、ロシア軍のUAZ－469軍用四輪駆動車か国境付近の監視に使われている無人機はいないかと目を光らせた。

ベレゾフスキー提督が、ロシア軍基地の周辺には、建設中にブルドーザーで折れたり倒されたりして、そのまま朽ちた枯れ木や枯れ草がふんだんにあると報告していた。

ロマネンコはすさまじい猛火のことを考えて、笑みを浮かべた。

頭にあるのは、物理的な火だけではなかった。

41

ウクライナ、スームィ空港
六月四日、午後四時八分

「たったいま着陸できて運がよかった」チームがおりるとき、リアジェットの機長がバンコールにいった。

「どうして?」バンコールは、熟練のトルコ人パイロットにきいた。

「東のほうで山火事が起きて、煙がこっちに流れてくる」機長がいった。「しばらく離着陸できないかもしれない」

バンコールは、その状況についてなにかつかんでいるかどうか、アンが借りられるバイクを見つけたかどうかをたしかめるために、オプ・センターに連絡した。

「トラックがとめてあるところから一キロメートル以内で火事が起きるのを見たとこ

ろだ」マコードがバンコールにいった。「バイクのほうは、アン――?」

「〈ハーツ〉の関連会社があるけど、バイクはない」アンがいった。

「フォルクスワーゲンでもいい」ヴォルナーはいった。

「見つけた!」ムーアが、ターミナルの正面ドアから叫んだ。

おなじニューヨーク子のディック・シーゲル上等兵が、ムーアといっしょに出ていった。道路脇の通行に邪魔にならないところに、完璧に整備されたタンデムシート付の赤い一九七一年型ドニエプルがとまっていた。空港職員のバイクにちがいない。

「ひとつ問題がありますよ、曹長」シーゲルがいった。「レンタカーじゃないし、曹長のでもない」

「三十分後には返す」ムーアはいった。「持ち主と話し合うような時間もない。だいじな愛車を貸してくれるわけがない」

ヴォルナーが出てきて、バンコールとチームの残りも出てきた。バンコールはヴォルナーに火事のことを伝え、いまではチームが目指そうとしている方向に煙が見えていた。

「やつら、欺瞞《ぎまん》のために火をつけたんだ」ヴォルナーはいった。

「少佐?」ムーアがふりむいていった。

「やれ、曹長」ヴォルナーは決断した。

　ムーアがポケットナイフを出して、イグニッションにつながっているコードをはずし、なめてからスターターボタンを押すまで、一分もかからなかった。バイクのエンジンが轟然《ごうぜん》と始動した。

「もうこういうバイクは作られていない」ムーアはいった。

「ありがたいことに」フラナリーはいったが、ムーアの早業に見るからに感心していた。

「ディック、おまえは装備を置いて掩護しろ」ムーアは自分のバッグをシーゲルに渡して、サングラスをかけた。

「曹長？」ヴォルナーがきいた。

「装備をトラックに積み替える手間を省いて戻れば、時間の節約になる」

　シーゲルがうなずき、自分のバックパックをアル・フィッツパトリック伍長に渡して、武器一式だけをかつぎ、バイクにまたがると、ムーアがバイクを発進させた。

　だれかがターミナルから出てきてどなった。ヴォルナーがうなずいたので、フラナリーがその男を脇にひっぱっていって、事情を小声で説明した――バイクの借り賃も払うといった。男の心配そうな顔を見て、修理代も出すとつけくわえた。

ムーアとシーゲルが、猛スピードでH‐07号線に乗り、北を目指した。

「その古いトラック——おなじようにできるな、シーゲル?」バイクの爆音に負けない大声で、ムーアがきいた。

「イグニッションをショートさせてエンジンをかけるってこと? おれをだれだと思ってるんですか?」

「スタテン島出身のガキだ」ムーアはどなり返した。「おまえがそこでなにをしてたか、おれが知ってるわけがないだろう?」

「ブルックリンとおなじですよ。女はもっと燃えやすいけど」

サイレンが前方とうしろで鳴りはじめ、車の流れが悪くなった。ムーアはそれを縫って猛スピードでバイクを走らせた。

「戻ってこないつもりですね?」シーゲルがどなった。

ムーアはうなずいた。「あの煙はかなり油性で、空高くあがってる。見えるか?」

「ええ」

「少佐も気づいてた」ムーアは叫んだ。「つまり、軍の装備を使ったんだ。ターゲットは牽制のために火をつけた。だれもが西に目を向けてる間に、東に向かう」

「追跡するんでしょう?」

「おれの名前はムーアだ。ダニエル・ブーン（西部開拓時代の開拓者。冒険や狩猟にいそしんだ）じゃない」ムーアは答えた。「べつの考えがある」

シーゲルが、にやにや笑った。「空港に残ったみんなが頭にくるでしょうね」

「おれがじっとしてたら、もっと頭にくるさ」ムーアはいった。「おれたちがこいつらを見つけなかったら、あちこちで戦争が起きるはめになる」

乗り捨ててあったトラックまで、二十分とかからずに着いた。国道からそれを見つけて、速度をあげてその駐車場にはいった。まもなく警察車両が車の流れを縫って到着し、要所を封鎖するおそれがある。シーゲルが跳びおりて、タンデムシートにムーアのバックパックをくくりつけ、トラックの運転席に乗った。

「待ってますか――？」シーゲルがいいかけたが、ムーアはさえぎった。「おまえがエンジンをかけられなくても、手伝えない」親しみをこめてシーゲルに敬礼すると、バイクを急転回させ、国道に戻った。ハンカチを出して口と鼻を覆ってから、バイクを轟然と発進させた。

油混じりの煤《すす》が車のフロントウィンドウにこびりつき、ワイパーで拭い切れないうえに、煙が視界を妨げるので、車の流れはほとんどとまっていた。ムーアは体を低くして、車の流れを縫い、対向車をよけ、走れる路肩があればそこを走った。ロシア軍の検問所の場所は地図で暗記していたので、警告の標識が読めなくても見分けがついた。そこへ行く前に、国道からそれるつもりだった。

五、六キロメートル進むと、検問所があるのがわかった。その先がロシア側のショッピングセンターだというのが、なんとも場ちがいだった。その南東は野原で、広い森がやはり八〇〇メートルくらい先にあった。オプ・センターが支給する世界中で使えるスマートフォンのGPSによれば、国道をそれると、どの方向からもロシアにはいれる。

ムーアはバイクを横滑りさせて、国道からそれ、押していってウクライナ側でそのままとめた。道路脇と国道は高低差がないので、バイクの横にしゃがみ、観察し、音が聞けるように、エンジンを切った。

マイク・ヴォルナーからの着信が二件あった。ムーアは顔からハンカチをはずし、折り返し電話した。

「どこにいる?」ヴォルナーがきいた。非難しているのではなく、質問だった。ヴォルナーがこのやりかたに賛成しているとわかって、ムーアはほっとした。

「国境近くで国道脇にいます。ショッピングセンターの南西です」双眼鏡で東のほうを見ながら、ムーアはいった。「侵攻前はさぞかしブラックマーケットの取引でにぎわっていたでしょうね」

「こっちからも見ている」ヴォルナーは答えた。「シーゲルが戻ってきたら、すぐにそこへ行く。そのあたりはどんなふうだ？」

「深い森があちこちにあります」ムーアはいった。「それに——遠くの森を伐採したところの向こうに、基地らしいものが見えます。煙はこっちに流れてこないので、野原は見通しがききますが、おれのうしろのほうで陽が沈みかけてて、影が長くなってます。もうじき暗くなるでしょう」

「そこから見えないものは？」

「手前の広い森のなかは見通せません——方眼《グリッド》R1とR2です」スクリーンの地図を確認して、ムーアはいった。「つぎはR3、三キロメートルぐらい先です」

「そこが基地だ。とにかくフェンスがそこにある」ヴォルナーはいった。

「待って」双眼鏡を南東に向けたときに、ムーアはいった。「くそ。やつらが見える。何者かわからないが」

「どこだ？」

「おれの正面五〇〇メートル、R2の森の南側。ロシア側にはいろうとしてる」ムーアはいった。「グループの最後尾しか見えません——三人がひらけたところを進んでる、軍服じゃなくて、黒ずくめだ。それに、焼夷手榴弾を持ってるかもしれない。とにかく、前に使った」

「あの煙はそうだと思った」ヴォルナーはいった。

「ということは、基地を炎上させる計画だ」

「おれもそう判断した」ヴォルナーはいった。「安全に追跡できるか?」

「ええ、でも少佐たちがトラックでやってきたら、このウクライナ人どもは、自分たちのトラックを他人が運転してるのを見て頭にくるんじゃないですか」

「それはまちがいない」ヴォルナーは答えた。「標準の人質交渉手順を使おう。フラナリーに非常時の外交手順で……」

ヘリコプターが頭上を低空飛行で通過したために、そのあとはムーアには聞こえなかった。ムーアはバイクの影に隠れて、赤と白のMi‐8の写真を撮り、ヴォルナーに送った。

「曹長?」ヴォルナーがいった。「いまのはなんだ?」

「ヘリがたったいま上を通過したんです。その画像を送りました」

ヴォルナーが黙ったあと、低い声で話し合うのが聞こえた。

「内務省のテロ対策部隊だと、フラナリーがいっている」ヴォルナーがいった。「放火の犯人を捜しているにちがいない」

　また沈黙が流れた。ヘリコプターが樹冠に沿って上下に見え隠れするのを、ムーアは見守った。その下は影がひろがっている。もうなにも見えなかった。くだんの集団は、地面に伏せているにちがいない。

「ヘリコプターが、国境手前で急旋回し、東へ向かった。ロシア人が国境を越えたかもしれないと考えて、そちらを捜索するのだろう。

「ヘリが離れていきましたが、こいつらは——また見えた。こんどは走ってます。少佐？」

「なんだ？」

「やつら、攻撃開始を早めるつもりでしょう。追いつけるかどうか、やってみます」

　交戦するなとヴォルナーは命じたが、バイクの爆音にかき消されてムーアには聞こえなかった。

42

ヴァージニア州スプリングフィールド
フォート・ベルヴォア・ノース
オプ・センター本部
六月四日、午前十時三十分

ウィリアムズの長官室から廊下をすこし進んだところにある広い会議室に、全員が集まっていた。会議室には、尋常ではない緊張が漂っていた。今回の任務拡張現象《ミッション・クリープ》は、ヘクター・ロドリゲスが命を落とした作戦よりもさらに大きな不安を醸し出していた。前回、出撃そのものは成功し、それに事故が伴っていたのだが、今回はそうではない。

今回は全員が瞠目《どうもく》していた——文字どおり目を大きくあけて見守っていた。

オプ・センターの幹部の多くは睡眠がろくにとれなかったが、作業の大部分は苦労の多い単純な情報収集だった。相手から連絡があるのをひたすら待つ。アンとマコードが、もっぱらその苦労を引き受けていた。ウィリアムズは長官室のソファで仮眠し、あとのものはデスクで居眠りした。

会議室の一同は、ムーアとシーゲルが出発したあと、ヴォルナーが中継している現場の生画像を見ていた。ヴォルナーとチームのやりとりを聞きながら、小声で話をしていた。バンコールだけが、オプ・センターと話をしていた。

「ウクライナ政府のヘリコプターは、やつらを見つけられなかったようです」バンコールがいった。

「見つければよかったのに。彼らの問題だからな」マコードがいった。

「きみの推奨する方策は？」ウィリアムズはきいた。

「わたしの直観は、作戦を中止しろといっています。政治的に危険な状況だし、軍事面からも危険が大きい」バンコールは答えた。「わたしの頭脳は、こいつらを阻止しようと決めたのであれば、がんばれといっています。ここかそっちのだれかが打ち切ることを決めるまでは、やりつづけるという意味です。それと、わたしたちがここから国境に向けて出発するまで、あと五分か十分しかありませんよ」

「わかった」ウィリアムズはいった。

「両国の政府に通知しなければならない」ドーソンがいった。

「具体的になにを通知するというんだ?」マコードがきいた。「多くを知らせれば、われわれがここまで進めるのに使った情報源が危険にさらされる。それに、ウクライナ人のこの小集団に関する物証の裏付けを求められるだろう。いったいどんな傍証がある?」

「わたしたちは危険地帯にチームを送り込んだ」アンがいった。「悪い予言はしたくないけど、長官、ムーア曹長が追跡していて、チームが追いつく前にロシア領内で敵と接触する可能性が高い。それに、フラナリーが説得しようとしたとしても――そういうチャンスがあるかどうかもわからないけど――チームが追いついたとき、マイクがなにをすべきなのかも、わたしたちにはわかっていない」アンは、ウィリアムズのほうを見た。「最初はクリミアとその北を偵察するはずだった。いまはなんらかの作戦を阻止するために急行している――愛国者なのかテロリストなのか、よくわからない連中を追って」

「それが問題なんだ、アン」ライトがいった。「この連中がなんであるのかがわかっていない。離叛分子かどうかもわかっていない」

「ジムのいうとおりだ」ベリーがいった。「大統領の見かたもそれとおなじだ。混乱した状況に、情報の欠如が重なっている。ウクライナ政府だって、クリモーヴィチ少将に同調すべきかどうか迷っているにちがいない。しかも、クリモーヴィチはロシア国境から一キロメートルくらいしか離れていないところに、五十両もの戦車部隊を進軍させているんだ！」

「ロシア軍機甲部隊が国境の一キロメートル向こうにいるんだから、キエフが〝狐〟の行動を承認することはありえない」マコードがいった。「クリモーヴィチは文字どおりの意味で、どっちへ転がっていくかわからない大砲だ。そういう危険な勢力が、現地にはもうひとつあるわけだが」

「それに、キエフは――表向きだけかもしれないが――クリモーヴィチのことしか知らないようだ」ベリーがいった。

「しかし、クリモーヴィチとこの小規模なチームは、明らかに連携している」マコードはいった。「考えても見ろ。クリモーヴィチは、ロシア軍とマスコミの目をそらすことに成功した。火災は地元の官憲の目をそらした。じっさいに攻撃が行なわれる可能性がある場所――スッジャ基地――には、だれも目を向けていない」

「われわれは、あれこれ考えているだけだ」ライトがいった。「すべて憶測だ」

「政治なんかどうでもいい」ドーソンがいった。「わかっていることがひとつある。

こいつらを阻止できるのは、マイクとそのチームだけだ。国境の向こう側からウクライナが大規模な報復を受け、おおぜいが殺されるような事態にならないようにするには、この急襲班をマイクたちが食いとめるしかない」

「何者かが国境を越えると仮定して」アンがいった。

「やつらが国境に向けて急いで移動していると、ムーアが知らせてきたばかりだ」マコードはいった。

「しかし、そいつらが、われわれが疑っているようにウクライナ人武装チームなのか、それともNSAが推測しているように、ロシア領内に戻ろうとしているロシアの傭兵もしくは特殊部隊なのか、ムーアには確認できていない」ベリーがいった。

「大局ばかりに目を向けていたらなにもできないと思うかもしれないが、わたしが心配しているのはそういったことではないんだ」ライトがいった。「モスクワやキエフが戦争をしたいのなら、やらせればいい――いまではなく、どこかべつの場所で、べつのときに。わたしが心配しているのは、わたしたちが不注意なことをやったり、避けられないなにかに巻き込まれたりしたら、そのひとつの行為でいっぽうもしくは両方が行動を起こすような事態になるかもしれないということです。作戦を中止したほうがいいというポールの直観に賛成です。これはわたしたちの戦いではない」

「それに、戦いが起きるおそれがある」アンがいった。「死傷者が出るかもしれない。いったいなんのために？　ふたつの国が、わたしたちに直接の影響がない不満を抱いているのが原因なのよ。この武装チームは、わたしたちがやめろといってもやめないでしょう。いくら外交官がわたしたちのために説得しても」

ウィリアムズは、マッカーサーの署名入り写真を眺めた。「通りでだれかが怪我をするのを見た医師や、非番の警察官には――基本方針を超越した倫理的責任がある。わたしたちはやりつづける」ウィリアムズは決断した。「ティモシェーンコ国防相に交渉を持ちかけてもらおう」

「どういうふうに？」アンがきいた。

「クリモーヴィチ少将は、ただの軍事パレードをやっているだけだから、機甲部隊はスッジャに引き揚げてほしいと」

「そのためには、武装チームがスッジャに迫っていることを教えなければならない」マコードはいった。

「そのとおり」

「しかし、スッジャのロシア軍警備部隊ではそれを阻止できないかもしれない」マコードはいった。「ウクライナの武装チームは、急襲の演習を重ねてきた。作戦計画が練りあげられているし――ロシア軍警備部隊が施設外に出て焼夷手榴弾で攻撃されたら、プーチンは国境を押し破るだろう。スッジャ基地は微妙な位置にある」

「その場合、ヴォルナーのチームはどうなる?」ドーソンがいった。

「ああ、わかっている」ウィリアムズはいった。「外交ルートから手を打ってもらおう」

そのとき、シーゲル上等兵がトラックを運転して空港に戻ってきた。チームが乗り込むあいだ。会議室は静まり返った。ウィリアムズはバンコールに幸運を祈るといった。

ウィリアムズは呆然自失していた。アンもおなじような表情だった。

「これはきわめて流動的な状況よ、長官」アンはいった。「ガソリンみたいに引火しやすくて流動的。それはわかっていると思うけど、でも――かなりありうることだと思うの――チームがウクライナ人武装チームを阻止するか、殲滅《せんめつ》するときには、両方に死傷者が出るかもしれない。それだけではなく、生き残ってもロシア領内で捕虜になるかもしれない」

「そのとおりだ」ウィリアムズはいった。「わかっている。だから、べつの手立ても――」

ウィリアムズがなにをいいかけたにせよ、叫び声と銃声に遮られた。

43

ウクライナ、スームィ空港
六月四日、午後四時四十四分

国道H‐07号線に出て――たちまち渋滞と汚い黒煙に行く手を阻まれると――クリモーヴィチたちの計画が明快でみごとなまでに単純であることに、バンコールは気づいた。バンコールが推理した全貌は、つぎのようなものだった。

まず、機甲部隊を南におびき寄せ、地元官憲を火事でおびき寄せる。道路で西から国境へ近づくのが困難になる。南西の火事と南の戦車部隊に注意を向けさせ、そのあいだにチームが東に進んで国境を越え、プーチンに痛打をあたえる。ウクライナに対してプーチンがやったことを、ロシア領内でやる。それに、プーチンがいくら地団太を踏んで口惜しがっても、ロシアは財政破綻の瀬戸際にあるので、どうにもできない。

ラブコヴィチでの小競り合いのあと、注意深く研究していたひとびとには、タラス・クリモーヴィチ少将がおそるべき戦術家だということがわかっていた。しかし、その戦闘後に姿を消したことも戦術的な動きだと気づいたものはいなかった。その潜伏中にクリモーヴィチは——彼が首謀者にちがいない——自分の資源と名声を利用し、ひそかに同盟者を勝ち得て、この作戦の計画を立てたのだ。

ウクライナの政府と軍は、それを知る必要もなかったし、知らないほうが望ましかった。ハルキウの放置された戦車工場から注意をそらし、ロシアが資産をどう配置しているかを見極め、配置できないように妨害するために、ヴァーチャル・リアリティ・プログラムのことをリークして、あちこちで重要な人間に手を打ってもらうだけでじゅうぶんだった。クリモーヴィチにしてみれば、負けるはずのない筋書きだった。クリモーヴィチは国境を越えないだろうと、バンコールは確信していた。その必要はない。いっぽう、ロシアがハルキウを攻撃すれば、クリモーヴィチは勝利を収めるか、あるいは殉教者になる。ロシアが越境攻撃に踏み切らなかったときには、ロシアの熊《くま》には牙がなかったことがわかり、クリモーヴィチはウクライナの当代きっての愛国者と見なされ、もっとも影響力の大きい人物になる。

南西ではこの火災が——文字どおり防火扉《ファイアウォール》の役目を果たして——精鋭のチームがプ

ーチンの自慢の新基地に接近し、攻撃するのを助けている。

彼らはまもなく敵兵を焼夷手榴弾で焼き殺し、闇に逃れようとしている。プーチンは激怒するだろうが、ウクライナ人の英雄たちに国際社会は歓声を贈るだろう。プーチンが攻撃することは可能だが、ベラルーシ国境に近いウクライナ北部に侵攻したら、欧米寄りになっているベラルーシはますますロシアと距離を置くようになるだろう。それによって地域の紛争が拡大した場合、プーチンには戦闘をつづける財力がない。

クリモーヴィチが総合的な目標を達成する勢いを鈍らせる方法は、たったひとつしかない。スッジャ急襲を未然に阻止することだ。

それを達成するのが困難だからこそ、われわれはこうして前進しているのだと、バンコールは思った。熟練した戦士の第六感、目標が明確ではなく、目の前になくても、いまやっていることは天命だと思う気持ちがある。

トラックの後部に乗り、幌のリアフラップを閉めると、バンコールは自分の考えをヴォルナーに話した。ヴォルナーはタブレットをずっと使っていて、付近の三次元画像を見ていた。不意に顔をあげた。

「男ひとりが銃撃を受けている」ヴォルナーはいった。「叫んでいるのが聞こえた。いま関心があるのは、それだけだ」

「その男の状況がわかっていない」バンコールが指摘した。無関係な傍観者で、うかつにも予期していなかったことに巻き込まれたのかもしれない。

「五分前からあいつと連絡がとれなくなっていることがわかっているし、またひとり失うわけにはいかない。シーゲル!」ヴォルナーは、首をまわして上の運転台のほうを向いた。後部とのあいだの小窓があいていた。

「はい」

「現況は?」

「車がまったく動いていません!」

「道路からはずれろ!」ヴォルナーは叫んだ。「この斜面を通れる——下は藪《やぶ》と岩だ。がけ崩れ防止用だと思う——行け!」

フラナリーがバンコールとならんで座っていた。フラナリーの手が腕に置かれるまで、自分がどれほど緊張していたか、バンコールは気づいていなかった。うなずいて、わかったことを伝えた。

小さな目標と大きな目標がある、とバンコールは思った。バンコールは、海軍SEALの隊員だったときも、全体像を考える人間だった。仏教徒になっても、それに変わりはなかった。バンコールの目は、欲望の世界からそらされ、もっと高いところにいる神々の世界に向けられていた。だが、世界を創って機能させるには、あらゆる種類の目標が必要とされる。

トラックが南に車首を向け、突進し、急ブレーキを踏んで、斜面を乗り越え、ぬかるんだ野原に出た。泥にはまらないように、猛スピードで勢いよくそこを通り抜けた。国道のドライバーたちの叫び声がフラップ越しに聞こえたが、濃い煙のなかでそれも遠ざかった。フロントウィンドウをワイパーがこする音とシーゲルの悪態が、バンコールの耳に届いた。

やがて、煙のにおいと味が感じられるようになった。

「口を覆え！」ヴォルナーがどなり、全員がとっさになにかをフィルターにした――ハンカチ、襟、帽子、靴下。

バンコールは、白い大きなハンカチを顔に当てているフラナリーを、ずっと見守っていた。煙のなかを通るあいだに、ハンカチが黒ずむのがわかった。チームの面々が、あちこちで咳《せ》き込んだり、息をとめたりしていた。シーゲルが現況を大声で伝えていた。「なにも見えない。くそ！」とか、「開豁地《かいかつち》が見える」といったようなことだった。

トラックが激しく揺れつづけ、サイレンの音さえくぐもって聞こえて、中有《ちゅうう》の闇を迷い進んでいるような気がした。上空をヘリコプターが何機も飛んでいたが、音から判断して、エンジンに異物がはいるのを怖れて、かなり高度をとっているようだったし、煙に遮られて、地上はほとんど見えないはずだった。

そのとき、運転台から歓声が聞こえた。煙を通り抜けたのだ。

ヴォルナーの命令で、ひとりがフラップから覗いた。「うしろはひらけた野原です」

「シーゲル、こんどは森を通り抜けろ。急げ！」

「かなり茂ってます！　R1にははいれるけど、出られるかどうかわかりません！」

ヴォルナーは、悪態をついた。「トラックをとめるな」といい、後部に乗っていた十二人のほうを向いた。「ハンター、キャンター、バンコール、フラナリー。そこにいてくれ。あとはおれといっしょに来い。駆け足、銃声が聞こえたら射撃態勢！」

パラシュートから降下するときのように、チームの八人が練度の高い正確な動きで後部から跳びおりて、上下に跳ねているトラックの前方に駆け出した。

44

ロシア、スッジャ
六月四日、午後五時一分

ムーアは、ドニエプルを乗り捨てた溝のなかに伏せていた。自分を責める理由がふたつあった。

理由その一。ヘリコプターが上空を通過した直後なので、このピカピカの赤いバイクはウクライナの当局が派遣した偵察だと敵に疑われるにちがいない。ロシア領内に潜入して情報を集め、報告のために脱出するには、ヘリコプターよりもバイク一台のほうが適している。ドローンが飛んでいないし、たとえ飛んでいても樹冠に隠れて見えないので、なおさらそう思われるはずだった。

それに、非武装のドローンではどのみちここでは役に立たない。身を縮めながら、ムーアは思った。

理由その二は、やつらに向けて直進し、ヘッドライトで照らしたことだった。ヘリコプターが通過したときとおなじように相手が伏せるだろうと思っていた。ヴォルナーたちが追いつく時間を稼ごうとしたのだ。だが、照らしたとたんに――。

理由その一が原因でそうなったのだと、遅ればせながら気づいた。

さいわい、ムーアは先回りして前方に陣取っていたので、ウクライナ人武装チームは前進できない。だが、敵の攻撃が熾烈《しれつ》なのは、それが原因だった。彼らには時間の余裕がないからだ。

銃弾がムーアの周囲の地面に当たって鋭いピーンという音をたてた。銃撃は数カ所のそれぞれすこし異なる位置から発していた。敵はムーアを包囲し、接近しようと移動していた。それに対して、ムーアはまったく動けなかった。武器は持ってきたが、バイクにくくりつけたバックパックにはいったままだ。携帯電話はバイクの逆の側にある。とにかくヴォルナーに自分の精確な位置はわかる……ウクライナ人がその前にここに来なければいいのだが。

どうにかして銃を取り出さなければならない。ムーアは思った。できるだけ早く。うしろを見て、バイクの向こう側へ行き、カウボーイが馬を楯にするようにそれで身を護れないだろうかと思った。

　確率は五分五分だと思った。じっとして騎兵隊が来るのを待つか？　戦闘態勢で死ぬのはかまわないが、バックパックを取るために駆け出して殺《や》られるのは嫌だ。そう思ったとき、汚い言葉が口を突いて出た。

　トラックの音が聞こえないかと耳を澄ましたが、なにも聞こえなかった。まずい。隠れている浅い溝のなかに銃弾一発が飛び込んできたので、はっとした。相手は上から撃ち込める位置に移動している。まもなく撃ち殺されるおそれがある。

　ムーアは悪態をついた。やるしかない——。

「攻撃を休止しろ！」どこか遠くから聞こえた。ありがたいことに英語だった。ウクライナ語らしいくぐもったやりとりが、耳に届いた。考えているにちがいない。あいつらは何者だ？　こいつを人質にとったほうがいいだろうか？

　彼らがうしろにも目を配らなければならないと思って、気が散った隙《すき》に、ムーアは動いた。溝から跳び出して、網戸に張り付いたヤモリのように、バイクへ這《は》っていった。バイクの車体を勢いよく乗り越えたとき、うしろで銃弾が地面に突き刺さった。ムーアはバックパックに片手をかけ、身をかがめたままでジッパーを探った。ジッパーを引きあけたとき、銃弾が何発かドニエプルの車体の下で跳ね、タイヤが二本ともプシューッという音をたてて空気が抜けた。

ムーアは五・五六ミリ口径のXM8アサルト・ライフルの銃身をつかみ、引き出した。にわかに完全になったという気がした。身を護れる。ムーアはそこにかがんで待った。

その位置から敵が見えた。身を低くしているのが見えた……三つの荷物をまとめようとしている。

ムーアは足で携帯電話を探して、見つけ、ひきずり寄せた。アサルト・ライフルを肩当てし、右手で引き金を引く構えをとったまま、左手でヴォルナーにメールを送った。

焼夷　即発

ヴォルナーが受信するかどうかは、定かでなかったし、ウクライナ人たちがどちらに向けて火を放つかもわからなかった。

そのとき、トラックが近づく音をウクライナ人が聞きつけ、全員が声を失って音もたてなくなった。応援が来たと最初は思ったはずだが、やがて自分たちのトラックだと気づいて、お互いの腕を叩いて注意を促し、トラックを指差した。

そのとき、ウクライナ語でなにかをいうのが、トラックの方角から聞こえた。

フラナリーだと、ムーアは気づいた。

フラナリーがなにをいっているにせよ、ウクライナ人たちが話し合いをはじめた。ふたりがあとのものをどなりつけていた――そのうちのひとりが、焼夷手榴弾を持っていた。その男が激しく首をふり、もうひとりの仲間とともに、森の奥へ……ロシア軍基地の方向へ這っていこうとした。

ムーアは、そのふたりの前方数メートルのところを掃射した。ふたりが伏せ、仲間が応射したので、ムーアはバイクの蔭から移動しなければならなかった。ドニエプルのバイクが銃弾を浴びて、ささくれた鉄片の塊《かたまり》と化した。撃ってきた敵はたちまちヴォルナーのチームの応射に見舞われた。頭上を通過する威嚇射撃だったが、かなりきわどかった。敵はすべて地面にべったりと伏せた。森はまた突然静かになった。

フラナリーがふたたび説得した。ウクライナ人は、ひとりを除き、ひきかえすのが賢明だと思ったようだった。焼夷手榴弾を持っている男だけが、前方を指差した。前進するつもりらしい。ムーアが見ていると、男は大型の焼夷手榴弾を包みから出して、ピンを抜き、投げるために身を起こした。

そのとき、男の額が爆発した。肉片がヴォルナーとそのチームに向かって飛んだ。ムーアはさっと東を見た。

「ロシアの狙撃兵だ」ムーアは叫んだ。

それは懸念材料だったが、倒れたウクライナ人がピンを抜いた焼夷手榴弾を握っていることのほうが恐ろしかった。

ムーアも含めた全員が、狙撃兵のことなどかまわずに駆け出した。『アニマル・プラネット』で見るような動物的な生存本能が働いていた。ロシア兵はもう撃ってこなかった。全員が西に向けて逃げているときに爆発が起こり、木立が火の球に包まれた。熱い衝撃波がつづいてひろがった。首を流れていた汗が蒸発して、首に火傷《やけど》を負い、アサルト・ライフルと携帯電話がグリルなみに熱したので、ムーアはいっそう必死で走った。

ウクライナ人たちが姿を現わすと、ヴォルナーのチームが叫んだ。

「武器を捨てろ！　早くしろ！」という叫び声が大半で、フラナリーがそれを通訳した。もっとも、その必要はないだろうとムーアは思った。

ムーアは炎から遠ざかり、いまではおなじみになっている油性の黒煙に包まれて、声が聞こえる方角へ進んでいった。意外なことに脚の力が抜けていた。

熱した汗が目にはいってひりひりしたので、ムーアは顔をしかめた。ウクライナ人たちがチームによって一カ所に集められているのが、どうにか見えた。

「懲罰ものだぞ!」ムーアの姿を見て、ヴォルナーがどなった。

「ちょっと待ってくださいよ」ムーアはいった。「あそこで死ぬかと思ったのに」

ヴォルナーの怒った顔がくしゃくしゃになり、まじめな顔を保てなくなった。ムーアをハグし、ムーアもそれに答えた。

「こっちもだ」ヴォルナーがそういって身を離した。「死ななくてよかった。トラックに乗れ。それと——携帯電話は持っているか?」

ムーアはそれをふってみせた。

「OSを更新しろ——それから、もうひとつ」ヴォルナーはいった。

「なんですか?」

「バイクの持ち主の航空交通管制官にどうやって弁償するか、考えておけ」

45

ロシア、ベルゴロド州ヴァルイスキー地区
六月四日、午後五時三十三分

　イェルショーフ大将は、機甲部隊の二号車からタラス・クリモーヴィチ少将の戦車部隊が州道T2104号線に沿って東へ進むのを見ていた。イェルショーフはメディアの報道を追うのをやめ、ヘッドセットも無線を切り、感動したり惑わされたりしやすいハリコウ、ペトロフスケ、ビリー・コロジャジの住民の歓声を聞くのをやめていた。ウクライナの戦車部隊が通る都市も町も、熱狂していた。ニュースを見なくても位置がわかるので、クリモーヴィチは間抜けな指揮官だと、イェルショーフは思った。まるで上空を舞うカモメがクジラの位置を教えるように、報道のヘリコプターがつきまとっていた。

やつらはいったいなにをやろうとしているのか？　イエルショーフはいぶかしんだ。ロシアに進撃するのを記録させようとしているのか、それとも戦いの場から撤退するのを撮影させようとしているのか？　見通しがきく道路を進撃する戦車部隊が、ロシア軍の兵力や火力と対等に戦えるような戦術が、どこにあるというのか。

だが、クリモーヴィチがなにを考えているかは、イエルショーフにとってどうでもよかった。ロシアの名誉を守ることのほうが重要だ。今回はことに、名誉を挽回《ばんかい》しなければならない。ロシアの主権に対するあからさまな攻撃で面子《メンツ》を失うことを、プーチン大統領はぜったいに望まないはずだ。それに、〝狐〟を撃破すれば、ニコライ・ノヴィコフ将軍の栄光もすこしは回復させることができるだろう。キャタピラか銃か兵士の足が国境を越えたら、祖国ロシアの決定的かつ圧倒的な防御力が発揮される。

クリモーヴィチの無防備な隊形を見て、イエルショーフはふと思った。クリモーヴィチは全体像が見えなくなっているか、あるいは負けるはずがないと確信しているか、それともその両方なのかもしれない。姿を隠していた三年のあいだに、それほど凡庸になったのかもしれない。

ヘッドセットから声が聞こえた。操縦手が、車内情報システムに接続するよう合図していた。

「ティモシェーンコ大臣から、最優先通信です」

「ありがとう」イェルショーフは答え、秘話チャンネルに切り換えた。確信した——いや、祈った——ウクライナ軍戦車部隊を阻止するために、なんであろうと必要なことをやるようにという、大統領の直接命令にちがいないと。ティモシェーンコがそういう責任を負うとは考えられなかった。

「将軍、ただちにスッジャに戻るように」前置きもなく、単調な声で、ティモシェーンコがいった。

イェルショーフは愕然《がくぜん》とし——困惑した。「大臣、ハルキウから戦車部隊が——」

「それは牽制だ。きみはそれにひっかかった」ティモシェーンコがいった。「きみたちが基地を離れている隙に、彼らは基地を攻撃しようとしたのだ」

イェルショーフは、体からたましいが抜けるような心地を味わった。頭が働かなくなった。接近する戦車の排気煙が見え、遠くからキャタピラの音が聞こえ……敵があざ笑っているのがたしかに聞こえた。

「大統領は、きみが基地に戻って辞任することを要求しておられる」ティモシェーンコが、なおもいった。「ヅジャーマノフ大佐がすでに司令官代理に任命された」

「すでに、ですか」イェルショーフは呆然としてつぶやいた。尊厳を保って司令官交替を行なうことすら許されなかった。

「将軍、ただちに部隊を方向転換させろ」ティモシェーンコがどなった。

「はい」イェルショーフは答えた。痺《しび》れて感覚が鈍くなった指で、命令を下すための文字列を変更した。

車体が大きく揺れて、装甲輸送車が向きを変えると。その指揮に従い、各戦車が左右のキャタピラをそれぞれ逆に回転させる超信地旋回（その場で方向転換すること）を行なった。

左手では太陽が沈みかけ、右には偉大な母なるロシアがひろがっている。さまざまな人種がいて、東西の時差が十時間を超え、気候、民族性、歴史、未来が多様な国。

未来に関しては、イェルショーフの居場所はない。

イェルショーフは国を失い、大統領を失った——プーチンに見捨てられた——地位も職務も失った。ダーチャも失うことになる。金持ちと特権階級にしか許されていないものだからだ。いまのイェルショーフは、そのどちらでもない。

イェルショーフは、ハッチをあけて銃塔に立っていた。暗い車内におりていったら、二度と立ちあがれそうになかった。だから、涙ながらに祖国を眺めて、妻のことを思い、彼女のために強くなければならないと自分にいい聞かせた。彼女にはそれが必要だから、くじけるわけにはいかない。彼女に自分と夫の両方を支えるよう求めるのは、正しいことではない。

最初のころに戻るしかないと思った。大都市の小さな貸間で、無名だったころに。

ふたりいっしょなら、それができる。ひとつのことを信じれば、生き延びられる。

どこかでいつの日か、戦車部隊の指揮官が軍歴に目を通して、理解してくれるはずだと信じよう。ひとりの大将が、自分がノヴィコフに対してやろうとしたのとおなじように、自分の名誉を挽回しようと努力してくれるはずだと……。

46

ウクライナ、ハルキウ
六月四日、午後五時五十九分

ロシアを目指す進軍が計画どおり終わったときには、プリコロトニェの壮麗な鉄道拠点に戦車部隊のあらたな前進基地を置くというのが、クリモーヴィチ少将の考えだった。きょう目にした状況からして、実現するにちがいないと、ハヴリロ・コヴァルは思った。

ロマネンコ少佐のチームからは連絡がなく、スッジャ攻撃に関するニュースもなかった。だが、ロシア領内で二度目の火災が起き、基地の人員が消火作業中だとニュースが報じていた。焼夷弾のたぐいが爆発したと思われるという。理由はわからないが、ロマネンコのチームが到達できたのはそこまでだったにちがいない。

コヴァルは彼らのことを悲しんだが、驚きはなかった。ヴァーチャル・リアリティ演習がはじまったときから、ロマネンコ少佐ははかない期待を頼りに行動し、威張り散らすことで部下を動かしていた。だからといって、実行が無理だったとはいえない。ロマネンコとそのチームは実行できると信じていた。それに、あと一歩で成功するところだった。しかし、勝利を収めることはできなかった。いまにして思えば、彼らが基地に損害をあたえられるとクリモーヴィチ少将が本気で予測していたかどうかは疑わしい。そもそもロシアに恥をかかせることが重要だった。ロシア軍部隊がひきかえしたことで、それには成功したといえる。ひきかえしたのは、基地近くで異変が起きたからにちがいない。

ロシア軍が撤退したことが伝わると、街路でふたたび歓声が沸き起こったが、工場の監視塔は不気味なくらい静かだった。自分のつぎの役割はなんだろうと、コヴァルはようやく考えはじめた。

これをつづけるのは、プロフェッショナルとしてやりがいがあり、個人的にも得るものが大きいはずだと、コヴァルは思った。ウクライナ軍の演習向けにシミュレーションを設計し、特殊部隊チームに精密攻撃を行なわせて、統制のとれたロシアの軍事力を鈍らせる。

そういうことをクリモーヴィチに依頼されるかもしれないと思った。ぜひ依頼されたい。

コヴァルは、ギシギシ音をたてるオフィス用の椅子にもたれ、スチャウ（スイバなどの香味野菜のスープ。国や地方によってさまざまなレシピがある）のボールを取った。五時間前に運ばれてきたときはコヴァルの好みどおり熱かったが、いまは情けないくらい冷たくなっている。それでも、どんな料理よりも美味しかった。

われわれはやった、とコヴァルは誇らしげに思った。

今夜、その報せがひろまったとき、自分とおなじ熱意をこめてそういえる人間は、あまり多くないはずだ。

47

ヴァージニア州スプリングフィールド
フォート・ベルヴォア・ノース
オプ・センター本部
六月四日、午前十一時十分

「チームがやった！」

チェイス・ウィリアムズの声が一瞬、会議室で宙に浮かび、歓声に完全に呑み込まれた。ハイファイヴやハグをしたのは数人だったが、あたりに明るい活力がみなぎっていた。

さきほどバンコールの報告が流れたスピーカーに向けて、祝いの言葉が叫ばれた。ほっとしたことが、大喜びしている一因——大きな原因だった。オプ・センターはそもそもこういう仕事のために編成されたのだが、ポール・フッド長官、マイク・ロジャーズ副長官、果敢な特殊部隊ストライカー・チームによる旧オプ・センターの最盛期よりも、流動的な部分、未知の部分、その場しのぎでやらなければならない部分が増えている。

「ポール、報告をしばし中断してくれ」ウィリアムズは頼んだ。

「スームィの病院で、煙を吸ったために異常がないか、検査を受けているところです」バンコールがいった。「みんないっしょです」

「そこを無事に出発できるよう手配する」ウィリアムズはいった。「そうだな、マット?」

「ハワードに報告したあと、国務省に電話を入れる」そういって、ベリーが会議室を出ていった。

ベリー大統領次席補佐官につづいて、ドーソンやほかの幹部が出ていき、アンとウィリアムズだけが残った。アンが出ていこうとすると、ウィリアムズが手ぶりでとめた。アンがドアを閉めて、席に戻った。

「ポール、アンとわたしだけになった」ウィリアムズはいった。

「やあ、アン。わたしたちがここに来られるように、手を尽くしてくれてありがとう」

「あなたたちを危険地帯に送り込んだこと？　ポール、あなたの政府はそれがいちばん得意なのよ」

「わたしは政府に対する責任は負わないが、チームに対する責任は負う」バンコールがきっぱりといった。「ああいうものは一度も経験したことがなかった。それに、できれば二度と経験したくない」

バンコールは笑ったが、かなり本気でそう思っていた。

「ポール、フラナリーのぐあいは？」ウィリアムズはきいた。

「包帯を巻いてもらっています。それに、トラックから跳びおりるときに、手首を痛めたかもしれません」バンコールはいった。「わたしの上を乗り越えて、ウクライナ人を落ち着かせようと説得したんです。フラナリーは、この一件にのめり込んでいましたね」

「しかし、ウクライナ人は全員、連れ戻したんだな」ウィリアムズはいった。「ひとりをのぞいて？」

「リーダー以外は」バンコールはいった。「リーダーはロシア人に射殺されました。ロシア側はかなり自制していました」

「理由はわかる」アンがいった。「ロシアはウクライナとおなじように、戦争のきっかけが生じるのを望んでいなかった」

「わたしたちが銃弾を代わりに引き受けたから、それですんだんだ」ウィリアムズはいった。「ウクライナ人たちは——？」

「まるでそこにいなかったみたいに消え失せました」バンコールはいった。「トラックに乗って目出し帽をはずしたときに、写真を何枚か撮りました。しかし、官憲がユナキフカの南の野原でわたしたちを出迎えたときに、全員、連れていかれました」

「彼らはどこまで知っていたんだろう？」ウィリアムズはいった。

「トラックの後部で話したことから判断して、たいしたことは知らなかったのだろうと、フラナリーは考えています」バンコールはいった。「クリモーヴィチと戦車のことをフラナリーが教えると、彼らはびっくりしていました。名前をいうのを拒否しましたが、公判にかけられたら、軍が氏名を公表するでしょう」

「そうせざるをえないでしょうね」アンがいった。「モスクワが要求するはずよ」

「クレムリンが犯人引き渡しを要求し、モスクワかスッジャで裁判にかけられたら」ウィリアムズはいった。「その若者たちは、二度と日の目を見られなくなる——反逆罪で有罪にならなかったとしても」

「死刑ではなく禁固刑でしょうね」バンコールはいった。「クリモーヴィチが彼らを見捨てるとは思えない。ウクライナの愛国者たちもおなじでしょう。そういう勢力とプーチンをなだめるには、微妙なバランスをとらなければならない」

「兵士たちが困難な仕事をやり、政治家がその仕上げをするという構図がくりかえされるのね」アンがいった。「ねえ、ポール。国務省から連絡があったらすぐに戻れるよう手配するわ。長居は――」

「ご心配なく。少佐から――前もって――いわれているんです。帰りの移動手段を手配する必要はないと」バンコールがいった。

「そうなの?」

「例の漁船ですよ」バンコールはいった。「まだ待機していますし、みんな黒海をクルージングしてトルコに行き、そこから帰りたいみたいですよ。わたしは船長と会うのを楽しみにしています」

「どうして?」ウィリアムズはきいた。

「カーン・ハムザチェビは、非常に興味深い人物のようです」バンコールがいった。「航海と地域についての雑談は、わたしたちにものすごく役立つはずですし」

「漁船がいるかどうか確認するわ」アンは、ウィリアムズの顔を見た。

ウィリアムズがうなずいた。

「アゾフまで行くのに手助けが必要なら、知らせて」アンはいった。

「ああ、そうだ。ムーア曹長が、壊したバイクの弁償に六百ドル必要です」バンコールはいった。

「キエフのアメリカ大使館から、現金を届けさせるよう手配する」ウィリアムズはいった。「オブ・センターの卒業生がそこにいる。ローウェル・コフィー二世という司法担当官だ」

「ここは逸材を輩出しているのね」アンがいった。

ウィリアムズはあらためてバンコールに礼をいい、チームの全員に感謝と祝いの言葉を伝えてほしいと頼んだ。電話を切り、椅子にもたれて、腕時計を見た。

「午前だったかな、それとも午後？」

アンがほほえんだ。「わかっているでしょう。わたしもよくわからない」

「たしかめたほうがよさそうだ」ウィリアムズはいった。「食べ損ねたのが朝食なのか、夕食なのか、知る必要がある」眉根《まゆね》を寄せた。「待てよ。ひょっとして――？」

「健康診断の予約？　きのうだったのよ。来週に変更したわ」アンはいった。「おごってくれる？」

「オプ・センターのおごりだ」ウィリアムズはふらふらと立ちあがって、のびをした。

「それぐらいの働きはした」

アンにつづいて、ウィリアムズはオプ・センターの陽光が射さない地下の照明のなかに出ていった。

「ひとつだけ残っていることがある」会議室を出ながら、ウィリアムズはいった。

「マコードに調べてもらわないといけない」

48

ニューヨーク、ジョン・F・ケネディ国際空港
六月六日、午前十二時三十分

ゲオルギー・グラスコフは、香港をあとにするのが残念だったが、世間知らずの若い学生チンギス・アルタンホヤグの家族に対する任務に成功したことには満足していた。楽しめる心理作戦で、血を見ることはなかった。

それに、あらたな任地にも大喜びしていた。中国国際航空の747機をおりたグラスコフは、暗殺者という稼業に必要とされる辛抱強さで税関の行列に並んだ。その稼業で身につけた笑みで、何事もなく係官の前を通過した。のんびりした表情とくつろいだ服装は、グラスコフの狙いどおり、どこをとっても家族の姿を探しているやさしい叔父に見えるはずだった。ただし、その家族とは、香港にいたときに暗号メールで

特徴を知らされた人間だった。小太りの若い外交官で、お気に入りの甥《おい》という役割をあたえられている。その男が、グラスコフが友人のアンドレイ・チェルカーソフの後任として配置されたニューヨークで仕事の地歩を固めるのを手伝うことになっている。

車内持ち込みバッグを肩に担ぎ、大きなスーツケースを曳《ひ》きながら、グラスコフは出迎えの男を探し――予期していなかったものが目に留まった。彼の稼業ではかんばしくない性質のものだった。

空港の出口に、グラスコフの名前をフルネームで書いたプラカードを持った制服の運転手がいた。香港からのフライトで使った偽名ではなく、グラスコフの本名だった。

グラスコフは周囲を見て、沈黙を破って領事館に電話できる場所を見つけた。迎えの男が来ているのかどうか、わからない――だが、領事館がこんなふうに手順を台無しにした理由を突き止める必要があった。閉まっているレンタカーのカウンターのそばに行ったとき、怒りをこらえるのに苦労した。

怒りにふるえる指で、ロシア領事館の番号を押した。

荷物をひきずっている年配の夫婦がそばを通ったので、発信音が鳴っているあいだ、グラスコフはすこし向きを変えた。だれにも話を聞かれたくない。空港には諜報員がうようよいるはずだ。

グラスコフは煙草を吸いたくてたまらなかったが、このろくでもない街の空港では注意を惹き、警官がやってくるとわかっている。いらいらしながら待った。

「ニューヨークへようこそ」女の声が聞こえた。

グラスコフは、ニューヨーク市警のテロ対策局長アイリーン・ヤングの色白の痩せた顔を見た。グラスコフは用心深く礼をいった。相手はその場に立ったままで、すこし離れたところから男がふたりを見守っていた。

「オルガ・ウードワが、あなたのことをしゃべったのよ」アイリーンはいった。「わたしの街に足を踏み入れたら、命はないものと思って」

アイリーン・ヤングはそこを離れ、笑みを浮かべているブライアン・ドーソンといっしょに出口へ向かい、何台も並んでいる警察車両のほうへ歩いていった。

訳者あとがき

新オプ・センター・シリーズ第四作の本書『暗黒地帯《ダーク・ゾーン》』（*Dark Zone* 2017）は、ウクライナとロシアの紛争を背景に描かれている。二〇一四年、クリミア半島の要衝《ようしょう》セヴァストーポリが、クリミア自治共和国とともに主権宣言し、ロシアに編入されたことはよく知られている。ウクライナも欧米諸国もこれを認めていないが、ロシアは当地を実効支配している。ウクライナとロシアが対立している大きな要因のひとつだ。

ロシア系住民が多いウクライナ東部でも、ウクライナ軍と分離独立派の衝突が相次いでいる。このため、ロシア軍部隊が国境地帯で防御を固めていたが、二〇二一年四月二十二日、ロシア国防相が撤退を命じた。しかし、紛争そのものが解決されたわけではなく、緊張はつづいている。

本書では、この分離独立派の支配地域よりも北で、ウクライナ国境に近い基地にロシア軍機甲部隊が集結する。この情報を受けて、ニューヨークに配置されていたウクライナの女性工作員が、ロシア軍の陣容や意図に関する情報を元ウクライナ駐在アメリカ大使のフラナリーから得ようとする。ところが、女性工作員はフラナリーと接触した直後に殺される。

オプ・センターでは、この殺人事件に不審を抱いて情報を集めはじめていたが、身の危険を感じたフラナリー元大使から連絡があり、本格的な調査に乗り出した。おりしも、ロシア軍基地攻撃をシミュレートした仮想現実《ヴァーチャル・リアリティ》プログラムを、オプ・センターの〝おたく帷幕会議室《ギーク・タンク》〟が発見した。攻撃対象となる基地は三カ所考えられ、プログラムが強襲訓練用であることは明らかだった。

つづいて、もうひとりのウクライナ工作員がニューヨーク市内で殺され、殺しの手口から、女性工作員殺害と同一犯によるものだと断定された。オプ・センターは、フラナリーを保護するために特殊部隊チーム・リーダーのヴォルナー少佐とドーソン作戦部長をニューヨークに派遣し、ニューヨーク市警にも警護を依頼した。ヴォルナーとドーソンは、きわどいところでフラナリーを救った。刺客は何度も政治的暗殺を行なってきたロシア人だと判明した。

ロシア人刺客によるウクライナ工作員ふたりの暗殺、国境に近い基地でのロシア軍集結、ロシア軍基地をターゲットとするシミュレーション……さまざまな情報が、ウクライナとロシアの対立が激化しかねない状況であることを示していた。

だが、ウクライナ政府や軍などの正規の経路からは、それらしい活動の情報がまったくはいってこなかった。そのため、なんらかの離叛分子によるものかもしれないと、オプ・センターでは推理する。ITが飛躍的に進歩したいまも、HUMINT——人間がじかに収集する情報——はきわめて重要だ。オプ・センターのウィリアムズ長官は、現地で偵察と情報収集を行なうために、特殊部隊チームを派遣することを決定した。

ロシアでは、西部軍管区司令官イェルショーフ大将が、プーチンじきじきの口頭命令で、機甲部隊が集結しているスッジャ基地で指揮をとるよう命じられた。原題の〝Dark Zone『暗黒地帯』〟は、この動きに関するプーチンの目論見を表わす言葉として使われている。

オプ・センターの特殊部隊チームは、ロシア軍の国境付近の戦力増強と、ウクライナ人勢力の活動のさなかで、情報不足のまま臨機応変に行動しなければならなかった。任務が拡張してただの偵察ではない作戦に変わるのではないかと、ヴォルナー少佐は危惧《きぐ》を抱く。しかし、彼のチーム以外に、この危機を収拾する手段はなかった。

今回は、そういう不確実でストレスの大きい状況が緊張感を高め、きわどくスピーディな展開になり、読者を楽しませてくれる。現場チームを支援するオプ・センター本部の情報収集、分析、予測のみごとさにもうならされる。

ウィリアムズ長官が手に入れた強力な権限で順調に作戦をこなしてきた新生オプ・センターだが、アメリカの政府や省庁にはその独自な力をやっかんだり、敵視したりする勢力もある。一九六二年のキューバ危機に端を発する次作*For Honor*では、そういったホワイトハウス高官やＦＢＩとの縄張り争いが、深刻な問題を引き起こす。その萌芽《ほうが》は、本書『暗黒地帯《ダーク・ゾーン》』ですでに示されている。オプ・センターを構成するひとびとの人間関係もふくめ、連続性のあるそういうきめ細かな描写も、シリーズとしての魅力をいっそう高めているように思われる。

二〇二一年八月

◉訳者紹介　**伏見威蕃（ふしみ　いわん）**
翻訳家。早稲田大学商学部卒。訳書に、カッスラー『悪の分身船を撃て！』『亡国の戦闘艦〈マローダー〉を撃破せよ！』、クランシー『北朝鮮急襲』『復讐の大地』（以上、扶桑社ミステリー）、グリーニー他『レッド・メタル作戦発動』（早川書房）、ウッドワード『FEAR 恐怖の男 トランプ政権の真実』（日本経済新聞出版）他。

暗黒地帯《ダーク・ゾーン》（下）

発行日　2021年9月10日　初版第1刷発行

著　者　トム・クランシー＆スティーヴ・ピチェニック
訳　者　伏見威蕃

発行者　久保田榮一
発行所　株式会社 扶桑社
〒105-8070
東京都港区芝浦1-1-1　浜松町ビルディング
電話　03-6368-8870(編集)
　　　03-6368-8891(郵便室)
www.fusosha.co.jp

印刷・製本　図書印刷株式会社

ISBN 978-4-594-08896-5　C0197